御金蔵破り

九代目長兵衛口入稼業　二

小杉健治

集英社文庫

目次

御金蔵破り

九代目長兵衛口入稼業　二

第一章 身許

一

長兵衛《ちようべえ》は寝入りばなを大声に起こされた。

「なにかしら」

女房のお蝶《ちよう》が半身を起こした。

長兵衛は聞き耳を立てる。

浅草花川戸《はなかわど》にある『幡随院《ばんずいいん》』は口入《くちい》れ屋で武家屋敷や商家にそれぞれ中間《ちゆうげん》や下男などの奉公人の世話をしているが、土木工事や荷役などをする人足の派遣もしており、そのために常時、若い男を大勢寄宿させている。

その人足同士で喧嘩《けんか》になったか。最近、大きな仕事がなく、いらだっているのかもしれない。

また、怒鳴り声が聞こえ、長兵衛は飛び起きた。庭のほうだ。

庭下駄を履いて、裏をまわって北側に出ると塀際の植え込みに提灯《ちようちん》の明かりが揺れている。数人の影の中に、番頭の吉五郎《きちごろう》の姿が目に入った。

「吉五郎、何があったんだ？」

長兵衛は近づいて声をかけた。

「あっ、若旦那。起こしてしまいましたか。いえ、怪しい野郎が床下にもぐり込んでいたんです」

吉五郎はがっしりした体を長兵衛に向けて答える。四十歳で、長兵衛の右腕だった。

「どんな奴《やつ》だ？」

長兵衛は体が大きく、胸板も分厚い。細面で逆八文字の眉は太く、切れ長の目はややつり上がり、まっすぐ高く伸びた鼻筋に微笑《ほほえ》みを湛《たた》えたような口元。凛々《りり》しく、そして男らしい顔立ちだ。押し出しがよいので、若いのに貫禄《かんろく》がある。

「細身で黒装束に身を包んでました。頰被《ほおかむ》りをしていたので、顔はわかりませんが、身のこなしから三十前、他人の家に入り込むことに馴《な》れているようでした」

吉五郎は元武士だけに、どんなときでもあわてることはなく、しっかり賊の特徴を見ていた。

「ひとりか」

長兵衛は確かめる。

「へえ」

吉五郎は事の次第を話し始めた。

「吾平《ごへい》が廁《かわや》の帰り、庭に妙な影が見えるっていうんで、あっしを起こしにきたんです。庭に出ていったら、床下から賊が飛び出してきました。逃げ足は早く、追いつけませんでした。植込みの奥から塀を乗り越えていったようです」

そばで浅黒い顔の吾平が頷《うなず》いた。上州の百姓の子で二十歳だ。

「こんなところに忍んでくる奴がいるとは思わなかったぜ」

雨戸を開けて、男たちが庭を覗《のぞ》いている。

「若い屈強な連中がたくさんいる家に忍び込むとはな。よほどの世間知らずか、忍び込みに自信があるのか。まあ、いずれにしろ、見上げたものだ」

長兵衛は半ば感心した。

「若旦那、ただの盗《ぬす》っ人《と》とは思えないんです」

手代の弥八《やはち》が口をはさんだ。色白で女のような顔だちだ。

「ただの盗っ人じゃない？」

「へえ。忍んでいたと思われる床下にもぐってみたんですが、足跡は奥まで行っていません。ただ、縁側の下にいただけのようです」

弥八は怪訝《けげん》そうな顔で言う。小柄な細身で、二十六歳。もとは軽業師《かるわざし》だったが、盗っ人になった男だ。役人に追われているところを長兵衛が助けてやった。今は『幡随院』に奉公をしている。

「床下に隠れていたのか」

長兵衛は首を傾《かし》げた。

あっと短く叫ぶ声がした。勝五郎《かつごろう》だ。数カ月前に上州からやってきた男だ。人足としてではなく、『幡随院』の手代として雇っている。

長兵衛は勝五郎の胸の内を察した。ここでは勝五郎と名乗っているが、上州は大前田《おおまえだ》村出身の栄五郎《えいごろう》という名である。

「まあいい。もう遅い、休め」

長兵衛は切り上げるように声をかける。夜空には星が寒々と輝いていた。一月の末で、夜更けはかなり冷え込んだ。

「あっしがしばらく庭を見張っています」

人足の常吉《つねきち》が口をきいた。

この男は半月前に上州から江戸に出てきたのだ。地方から出てきて、江戸に当てのない者は口入れ屋の世話になる。

「常吉、そうしてもらおうか」

吉五郎が言い、

「じゃあ、みな部屋に戻れ」

と、声をかけた。

「常吉、適当なところで切り上げて寝るんだぞ」

長兵衛は常吉に声をかけ、寝間に戻ることにした。

「若旦那」

吉五郎が長兵衛に近づき、

「自身番に知らせますか」

「被害がないならいいだろう」

長兵衛は弥八の言葉が気になっていた。ただの盗っ人ではないとしたら何が狙いだったのか。

「わかりました」

吉五郎が応じた。長兵衛が寝間に戻ると、お蝶は起きていた。

「なんだったんですか」

「怪しい野郎が庭に入り込んだそうだ。盗っ人かどうかわからないが」

「なんでしょう。物騒だわね」

長兵衛はさっきの勝五郎の驚いた顔を思い出した。勝五郎こと栄五郎には、代官所から人相書がまわっている。

大前田の栄五郎は上州の博徒の倅《せがれ》だ。上州新田郡《にったぐん》久々宇《くぐう》の丈八《じょうはち》という博徒を殺して逃げてきたのだ。

さっきの賊は代官所の放った密偵ではないかと、勝五郎は考えたのだろう。

再び、ふとんに横たわると、長兵衛はすぐに眠りに落ちた。

翌朝、飯を食い、居間で煙草《たばこ》を吸いながらお蝶とくつろいでいると吉五郎が顔を出した。

「若旦那。勝五郎がお話があるっていうんです」

昨夜のことだと察し、長兵衛が頷く。

「入ってこい」

と、吉五郎が廊下へ声をかける。

「親分、すみません」

勝五郎が腰を折って入ってきた。

「昨夜の賊のことか」

長兵衛が先に言うと、勝五郎ははっとして、

「どうしておわかりに？」

と、不思議そうにきいた。

「昨夜の今日だ、察しがつこうというものだ。昨夜の賊は代官所の密偵だと思ったんじゃないのか」

「はい。親分もやはりそうお思いで？」

勝五郎は不安そうにきいた。

「俺はそうは思わねえ。ただ、おまえの胸の内を想像しただけだ」

「恐れ入ります」

「そんなことを気にかけなくていい」

「でも、代官所の密偵があっしの顔を確かめにきたのだとしたら……」

「そんなはずはねえ」

長兵衛は否定する。

「いいか、おまえの顔を確かめるのにどうして夜中に忍び込まなきゃならねえんだ。昼間、おまえが外に出てきたときに顔を見ればいいはずだ」

「へえ……」

「それに、お代官手付や奉行所の役人が来たっておまえを渡しはしない。おまえは今は『幡随院』の手代だ。安心していいぜ」

「へえ、ありがとうございます。でも、親分に御迷惑がかかっては」

「何が迷惑だ。身内を守るのは当たり前のことだ」

自分の懐に飛び込んできたからには何があっても、その者を守る。それが、初代の幡随院長兵衛から脈々と受け継がれている男の意気地であった。

　初代の幡随院長兵衛から数えて九代目の長兵衛である。初代長兵衛は町奴《まちやっこ》の頭目として旗本奴と対峙《たいじ》していたことでも有名だが、代々伝えられている初代の人相風体に今の長兵衛はそっくりだと言われている。

　九代目は初代の生まれ変わりだという評判も初代との類似点が多いからだ。

　初代長兵衛が大名・旗本屋敷に中間を周旋する口入れ屋『幡随院』をはじめたのが二十五歳のときで、今から約百七十年前の正保《しょうほう》年間だ。

『幡随院』の跡目《あとめ》を八代目の父から継いで一年になる。初代と同じ二十五歳で、長兵衛は『幡随院』の九代目当主になった。

『幡随院』は初代からずっと続いていたわけではなく、一時は廃れ、世間からも忘れられていた。それを五代目が口入れ屋『幡随院』を再興し、今に至っている。

　そして、初代からの俠客《きょうかく》としての矜持《きょうじ》を代々受け継いできている。

「親分。ありがてえ。こんなあっしのために……」

「おいおい、大仰だぜ」

　長兵衛が苦笑する。

「わかったか。おめえはここでは勝五郎なんだ。大前田の栄五郎ではない。いいな」

　吉五郎が諭すように言う。

「へい」

「わかったら、仕事に戻ろう」

だが、吉五郎はふと思いついたように、

「おめえ、先に引き上げていな」

と、勝五郎に言った。

「へい。では」

勝五郎は長兵衛に頭を下げて出ていった。

残った吉五郎が、

「ちょっとお耳に入れておこうと思いまして」

と、言い出した。

「なんだ?」

長兵衛は吉五郎の表情が厳しいのが気になった。

「じつは昨夜の賊ですが、植込みの奥にある塀を乗り越えて逃げていったんですが、そこは土が盛られて高くなっているので塀を乗り越えやすいんです」

「…………」

「ところが、外から塀を乗り越えるのはかなりやっかいなようです。今朝早くに弥八に見てもらいましたが、昨夜の賊は塀を乗り越えて忍び込んだのではないと言うんです」

「どういうことだ?」

「内部の者が裏口の閂《かんぬき》を外して賊を引き入れたのではないかと」

吉五郎は小声で答えた。

「内部の者だと？」

「へえ、あっしもそれしか考えられないと思います。それから、もうひとつ」

吉五郎は声をひそめたまま、

「数日前の夜中にも吾平は庭に不審な影を見たそうです。そのときは吾平もはっきりしないので黙っていたそうです。ですが、昨夜ははっきり見たのであっしを呼んだってことです」

「昨夜は二度目ということか」

「もしかしたら、他の夜も忍び込んでいたかもしれません」

「いってえ、なにをしているのだろうか」

長兵衛は顔をしかめたが、

「それより、中から閂を外した奴がいるってことだが、誰か見当がついているのか」

「はっきり言い切れませんが、どうも常吉が怪しいと吾平が言います」

「常吉か」

「半月前にうちに来ましたが、賊が忍んで来たのはそれからですから」

「上州から出てきたと言っていたな」

「上州太田《おおた》です」

「勝五郎に、常吉がほんとうに上州の出か調べさせるんだ」

「わかりました」

「それにしても、賊が何度も忍び込むほどの場所とは思えねえが」

長兵衛は首をひねった。

「まあ、勝五郎の調べを待とう」

「へい」

吉五郎は頷き、

「では、若旦那。お邪魔しました」

と言ったとき、お蝶が声をかけた。

「ちょっと吉さん」

「へい」

「若旦那じゃないよ。親分だよ」

「おっと、いけねえ。すいません、長年の癖で」

一年前まで『幡随院』の当主は八代目の父だった。吉五郎は父の代から仕えており、いつも長兵衛を若旦那と呼んでいたのだ。番頭になったのは五年前だ。

「外では気をつけておくれよ」

「へい」

お蝶は二十六歳の長兵衛のふたつ上の姉《あね》さん女房だ。先代が気に入り、長兵衛の嫁に連れてきた。

富士額の切れ長の目をした色っぽい顔だちだが、男勝りの肝の据わった女だ。世事に明るい。髪結いや湯屋から噂《うわさ》をきいてくるだけでなく、近所のかみさん連中が常にお蝶のところに集まってくる。そこからもいろいろな話を仕入れている。

お蝶は思ったことをずけずけと正直に口にする女だった。「あなたの男を上げるには私じゃないとだめね」と堂々と言うお蝶に、長兵衛は最初は反発したものの、次第にその度胸のよさに感心するとともに、厳しい言葉は的を射ており、その裏にやさしさが含まれていることに気づいたのだ。

一年前、まだ隠居なんてしねえと言っていた親父《おやじ》に引導を渡したのもお蝶だ。

吉五郎が出ていったあと、

「おまえさん、今の吉さんの話だけど」

と、お蝶が口にした。

「賊は何度も庭に入り込んでいるそうね」

「そのようだな。狙いはわからねえが」

「そのことだけど、賊の狙いは今度のお城の城壁や河岸の修繕と関係があるんじゃないかしら」

「どういうことだ？」

「最近、『川辰屋《かわたつや》』は普請奉行さまにかなり食い込んでいるそうじゃありませんか」

「うむ。お城と河岸の普請を狙っているのだ」

去年の九月に江戸に大雨が降り、大川や神田川など各地で河川が氾濫して洪水になった。この付近でも千住から浅草、三ノ輪まで水に浸《つ》かった。さらに、神田川の水がお濠《ほり》に激しく流れ込み、城壁や橋を崩してしまった。

その護岸の普請とお城の修繕の請負を狙って、同業の『川辰屋』が普請奉行にかなり食い込んでいることは聞いている。入札《いれふだ》といっても形だけで、『川辰屋』が請け負うとみられている。

もちろん、『川辰屋』は自分のところだけでは足りず、他の口入れ屋からも人足を集めるはずだ。他の口入れ屋は最初から仕事をまわしてもらうことに狙いを絞って『川辰屋』詣でをしているようだ。当然ながら、入札には加わらない。入札に参加した口入れ屋は『川辰屋』から仕事はまわらないはずだからだ。

とんだ茶番だと、長兵衛は腹立たしい。

「賊は『川辰屋』の手の者だと？」

「『幡随院』の人足の人数を探りにきたんじゃないかしら。今度の普請では自分のところから人足をどれだけ出せるのか。そこも評価の対象になるでしょうし」

「うちより多くの人足を揃《そろ》えようとしていると？」

「ええ」

「それはどうかな。そんな小細工をしなくても、『川辰屋』が普請の世話役になるのは決まっているに違いない」

「そうね」

　お蝶が素直に頷き、

「おまえさんは入札に加わるんだろう？」

「もちろんだ。『川辰屋』に決まることになっているのに抗議する意味でも入札に加わらなきゃならねえ」

「この仕事はまわってこないでしょうね」

「ああ、残念ながら弾《はじ》かれるだろう。すまねえ」

「なにを言うのさ。幡随院長兵衛は筋の通ったことしかしないのさ」

　お蝶は言い切ってから、

「ちょっと、念のために近所で賊に忍び込まれた家がないか、聞き込んできます」

　と、立ち上がった。

　思い立ったらすぐに動きはじめるお蝶に、半ば呆《あき》れながらも長兵衛は感嘆した。

もし、お蝶が男だったら俺以上の俠客になっていたかもしれない。複雑な気分で、長兵衛はお蝶の帰りを待つことにした。

二

昼過ぎ、三百石の旗本増沢庄兵衛《ますざわしょうべえ》の用人小橋善兵衛《こばしぜんべえ》が『幡随院』に訪ねてきた。増沢家とは取り引きはない。新規の依頼かもしれないと思い、吉五郎に応対をさせた。

しばらくして吉五郎が呼びに来た。

「若旦那、すみません。来ていただけますか」

吉五郎が困惑したように言う。

「ともかく、お会いしよう」

長兵衛は客間に向かった。

四十過ぎと思える鬢《びん》に白いものが目立つ武士が待っていた。

「拙者、旗本増沢庄兵衛の家の用人小橋善兵衛でござる。困ったことになった」

「なんでしょう」

長兵衛は話を促す。

「中間として雇った男が女中を連れて逃げだしたのだ」

「逃げだした？　お屋敷に帰ってないということですか」

「そうだ。三日になる」

「それならばその中間の請人《うけにん》か奉公を斡旋《あっせん》した口入れ屋に問い質《ただ》すべきではありませんか。当家は増沢さまとお取り引きはございませんので」

　請人はその人物の保証をする。

「もちろん請人である大家に訴えた。すると、大家は見つけ次第、奉行所に突き出すという。それが困るのだ」

「困る？」

「そうだ」

　用人は顔をしかめた。

「なぜでございますか」

「じつは中間の淳平《じゅんぺい》が連れ出した女中は……」

　用人が言いよどむ。

「ご用人さま。はっきり仰《おつしや》ってくださいませんと、こちらとしてもどうしてよいのかわかりません」

「うむ。じつは、殿が手をつけた女中なのだ」

「まさか、手込めにしたのでは？」

「そんなひどいことはしていない。しかし、手をつけたのは事実だ。奉行所に突き出されたら淳平はまだしも、女中のほうがあることないことを言うのではないかと」

用人は表情を曇らせた。

「なるほど。ようするにふたりをこのまま捨ておくので、この『幡随院』で中間と女中を世話してくれということですね」

用人のまわりくどい話を飛ばして、用件をまとめた。

「いや、そうではない」

用人はあわてたように言う。

「と、仰いますと？」

「淳平にお屋敷に戻るように説き伏せてもらいたいのだ」

「お待ちください」

長兵衛は手をあげて相手の言葉を制した。

「私どもは奉公人の世話はいたしますが、淳平という与《あず》り知《か》らぬ者のことは」

「わかっておる。その上で、頼んでいるのだ」

「戻ってほしいなら、ご用人さまがお出ましになって説き伏せたほうがよろしいかと思いますが」

長兵衛は穏やかに言う。

「わしの言うことはきかぬ」

「でしたら、私の言うことなどよけいに聞きますまい」

「いや。そなたなら聞く」

「なぜ、そう思われるのでございますか」

長兵衛は首を傾げた。

「淳平が、信州から江戸に出てまっさきに幡随院長兵衛を訪ねるつもりが、道を間違えたと言っていた。ここの奉公が終わったら、次は『幡随院』に顔を出してみると」

用人の目が微《かす》かに泳いだようだ。

「そんなことを？」

「江戸から信州に帰った商人から、江戸に幡随院長兵衛という侠客がいると聞いて憧れを抱いたと言っていた」

嘘《うそ》だと、長兵衛は思った。

「じつは淳平というのは真面目で誠実な若者なのだ。殿も気に入っており、わしも信頼していた。一年の約束だったが、期限になったらまた雇いたいと思っていたのだ」

「そんな真面目な男がどうしてお女中を連れて逃げたりしたんですかえ」

吉五郎が口をはさんだ。

「それは……」

また、用人は一瞬言いよどんだが、すぐに続けた。

「男女の仲はわからぬ」

「ふたりは恋仲だったというのですか」

「うむ、ところが殿がその女中に手を出された。それで女中は淳平に助けを求め、屋敷を出た」

「……………」

長兵衛は吉五郎と顔を見合わせた。

「ふたりに会ってもらえば、わしの言うことがわかってもらえるはずだ。女中はいいから淳平だけでも戻ってもらいたいのだ。淳平がここに訪ねてくるかもしれないし、説き伏せることが出来るのは長兵衛どのだけだ」

用人は頭を上げげた。

「どうぞ、お顔を上げなすってください」

長兵衛は困惑しながら声をかけた。

「わかりました、お引き受けいたしましょう」

「やってくれるか。で、礼はいかほど？」

用人は窺《うかが》うような目できいた。

「これは私どもの仕事ではありませんから、お代などいただけません。ともかく、お任せください」

「かたじけない」

用人はほっとしたように表情を和らげた。

長兵衛は用人から淳平の請人と口入れ屋について聞いた。

用人が引き上げたあと、長兵衛は吉五郎に言った。

「あの用人のあとを誰かにつけさせるんだ」

「わかりました。弥八がいいでしょう。さっそく」


長兵衛が居間に戻ると、出かけていたお蝶が戻ってきていた。

「ご近所にそれとなくきいてまわりましたけど、どこからも賊に忍び込まれたという話は聞きませんでしたよ。やはり、うちだけのようね」

「そうだろうな」

長兵衛は煙管《キセル》に刻みを詰め、火を点《つ》けた。

「何度も入っているとしたら、捨てておけねえな」

「失礼します」

と、吉五郎の声がして襖《ふすま》が開いた。

「若旦那。河下《かわした》の旦那がお見えです」

「なに、河下さまが？」

長兵衛は眉を上げた。河下又十郎《またじゆうろう》は南町の定町廻《じようまちまわ》り同心である。

「昨夜の件か」

「いえ、知らないはずですから別件かと」

吉五郎は首を傾げ、

「どういたしますか。体よくお引き取り願いましょうか」

「いや。客間に通してくれ」

「へい」

吉五郎は下がった。

長兵衛は昨夜の賊のことを考えた。勝五郎の心配を気にしたわけではないが、又十郎の目的が気になった。

いつもは又十郎を待たせておくのだが、
すぐに長兵衛は立ち上がった。

「会ってくる」

客間に行くと、又十郎は煙草盆を引き寄せたところだった。長兵衛が入ってきたので、煙管を煙草入れに戻した。

「お待たせいたしました」

長兵衛は向かいに腰を下ろして言う。

「いや、きょうはいつになく早い。いつもは煙草を吸う暇があった」

又十郎は厭味《いやみ》を言う。

「で、ご用の向きは？」

長兵衛は澄ましてきく。

「去年の九月の大雨のとき、日本堤《にほんづつみ》の崩れたあとから骨になった死体が出てきたのを覚えているか」

又十郎は真顔で切り出した。

「ええ、まさか、死体が埋められていたなんて」

長兵衛は眉根を寄せた。

大川が氾濫し、千住、山谷、浅草一帯が水浸しになった。水が引くまで三日かかった。この洪水で数人が命を落としたが、崩れた土手から骨になった亡骸《なきがら》が見つかった。

胸骨が裂かれており、刃物で斬られたものとわかった。殺されて、埋められたのだ。

「身許《みもと》がわかったのですか」

長兵衛はきいた。

「十五年ほど前に吉原から出火した大火事の際に行方不明になった『小金屋《こがねや》』の主人金《きん》

次郎《じろう》ではないかと思われるのだ」

「『小金屋』の金次郎さんですって」

長兵衛は耳を疑った。

十五年前の冬、吉原の遊女が付け火をし、遊廓が燃え、折からの戌亥《いぬい》（北西）の風に煽《あお》られ飛び火し、山谷、今戸、聖天町、花川戸を燃やし尽くした。

当時、長兵衛は十一歳だったが、その火事はよく覚えている。

火事が鎮火したあと、『幡随院』の復興働きは早かった。人手があるので、たちまち焼け跡を片づけ、仮小屋を造った。それから先代の父は困っている近所の焼け跡の片づけに手を貸し、あとでお上《かみ》から褒美をもらったのだ。

だが、隣家の『小金屋』の主人金次郎が行方知れずになった。

『小金屋』は今戸焼の七輪や火消し壺《つぼ》、焙烙《ほうろく》、火鉢などを売っていた。この先の今戸・橋場近辺には焼き物師、瓦師が多く、瓦や台所で使う品も焼いている。『小金屋』はそこから品物を仕入れて商売をしていたのである。

当時、金次郎は三十五歳で、『小金屋』には金次郎の他に妻女のお豊《とよ》、お豊の弟鉄二《てつじ》、それに小僧と女中がいた。

火事からしばらくして、お豊は店の再興を諦め、小僧と女中に暇を出して、鉄二とともにどこかに引っ越していった。

このとき、先代は『小金屋』の土地を手に入れて、少し広くなった土地に『幡随院』の母屋を建てたのだ。

「旦那。金次郎さんのことをあっしにきいても無駄ですよ。あっしが十一のときでしたから」

「わかっている。長兵衛にきこうとは思わぬ」

又十郎はあっさり言い、

「昨日、先代に会ってきた」

と、続けた。

先代である親父は人形町《にんぎようちよう》通りに妾《めかけ》のお染《そめ》と住んでいる。芸者だったお染に『小染』という呑《の》み屋をやらせているのだ。

「親父は何か言ってましたか」

長兵衛はきいた。

「いや、まったく覚えちゃいなかった」

「覚えてない？」

「金次郎のかみさんや弟が今どこに住んでいるかわからないかときいたら、かみさんと弟がいましたっけと言ったんだ」

「ほんとうですか」

「ほんとうだ。先代は幾つになる?」

又十郎は表情を曇らせる。

「五十を過ぎました」

「まだ耄碌《もうろく》する年とは思えぬが」

「ええ、まだ頭ははっきりしているはずですが」

長兵衛は戸惑いぎみに言う。

「少し様子を見に行ったほうがいい」

「そう言われると心配です」

「先代にはまだまだ元気でいてもらいたいからな。ついでに金次郎のことを何か思い出したら、なんでもいいから聞いてくるんだ」

又十郎が命じるように言う。

「その前に、洪水のときに見つかった亡骸がどうして金次郎さんだとわかったんですね」

「骨になって、身につけているものもぼろぼろだった。それで行方不明者を探した。すると、十五年前に行方知れずになっていた男がいたことがわかった。それが金次郎だ」

「でも、それだけでは金次郎さんだとわからないんじゃありませんか」

「じつは、『小金屋』の女中だった女が奉行所に訴え出てくれたのだ」

「女中が見つかったのですか」

「うむ。それでいろいろきいていくうちに、金次郎が首からお守りを下げていたことを思い出した。骨も首からお守りを下げていた。観音さまのお守りだ。まず、金次郎に間違いあるまい」

「そうですね」

長兵衛も金次郎だろうと思った。

「その女中はおかみさんの居場所は知らなかったのですか」

「女中と小僧に暇を出してから、内儀は引っ越していったんだ。近所をきいてまわったが、金次郎のことに詳しいのは先代ではないかということだった。ふたりは同い年で、よく将棋を指していたそうだ」

そう言われれば、親父は金次郎とよく将棋を指していたことを思い出した。

「わかりました。親父に会ってきます」

「頼んだ」

又十郎は立ち上がった。

客間を出る前に、長兵衛はきいた。

「河下さま」

「十五年前の殺しで、今さら下手人を見つけ出すことが出来るでしょうか」

「わからん。いや、無理だろう」

「無理？」

「証《あかし》が見つかるとは思えぬからな。ただ、なぜ、金次郎が殺されたのかは調べたい」

玄関までいっしょに行くと、お蝶も店先にいて、共に又十郎を見送った。

「旦那の用件はなんだったんです？」

「先代のことだ」

「先代がどうかなさったんですか」

長兵衛は事情を話し、

「十五年前の金次郎さんのことを思い出せない先代が心配になって、俺にそのことを教えにきたのだ」

と、ため息をついた。

「年のせいで物忘れがひどくなったか。まだ、耄碌には早いと思うが……」

呟《つぶや》くと、お蝶が笑った。

「何がおかしい？」

「心配いりません」

「なぜだ？」

「たぶん、金次郎さんのことを話したくなかったんじゃないかしら。きっとそうよ。お義父《とう》さんらしいわ」

長兵衛は不思議そうにお蝶の顔を見ていた。

三

夕七つ（午後四時）前に、長兵衛が店に出ると、ちょうど帰ってきた弥八が吉五郎に報告していた。

「若旦那」

吉五郎が長兵衛に声をかけ、

「やはり、あの用人は小石川の増沢庄兵衛さまの屋敷に入っていったそうです。弥八、お話ししな」

と、弥八に顔を向けた。

「へい。隣家の屋敷の中間にきいたところ、淳平という中間は近頃見かけないと言ってました。それで、増沢家の門を見張っていると、下男らしい男が出てきたので声をかけてみました。なかなか喋《しゃべ》らなかったのですが、淳平という中間が女中を連れて逃げたと言ってました」

「そうか。嘘じゃなかったのか。じゃあ、淳平を探してもらおう。見つかったら、俺が会いに行く。あの用人と約束したのだ」

「わかりやした」

吉五郎と弥八は同時に返事をした。

「じゃあ、出かけてくる」

長兵衛は吉五郎に言う。

「供はいいんですかえ」

「親父のところだ。いらねえ」

「そうですかえ。でも、姐《あね》さんが……」

外出するときは必ず供をつけるようにと、お蝶は言っている。供を連れていたほうが貫禄が出ると言うのだ。

お蝶は長兵衛を初代の幡随院長兵衛の再来として世間に売り出そうとしている。

「仕方ありません。姐さんに叱られておきます」

なぜ、ひとりで行かせたのだとお蝶は吉五郎を叱るらしい。

「すまねえな」

長兵衛は苦笑して土間を出た。

半刻（一時間）後に、長兵衛は人形町通りにある『小染』の前にやってきた。小女が暖簾《のれん》を出した。

いつものように裏にまわって、庭に入る。三味線の音とともにお染の声と親父の声が重なって聞こえてきた。長唄の稽古をしているようだ。

庭先に立った長兵衛は親父の唄を聞いた。昔から親父は新内《しんない》語りなどの芸人が好きで援助もしていた。

お染と暮らすようになって、お染から長唄の稽古を受けている。

三味線の音が止《や》んでから、

「長兵衛です」

と、障子越しに声をかけた。

障子が開いてお染が顔を出した。

「さあ、お上がりなさいな」

お染は四十に近いが、まだまだ艶っぽい。

「失礼します」

長兵衛は沓脱《くつぬ》ぎから縁側に上がった。

大柄な親父は部屋の真ん中に恬《てん》として座っていた。

お染は三味線を片づけ、

「じゃあ、私はお店に行ってますから」

と、部屋を出ていった。

親父は顔の色艶もよく、若々しい。

「なに、じろじろ見ているのだ？」

親父は口元を歪《ゆが》めた。

「元気そうで、安心しました」

長兵衛はほっとした。

「なにを今さら」

「昨日、同心の河下さまがいらっしゃったそうですね」

「それがどうした？」

親父は微かに眉を寄せた。

「親父が十五年前のことをすっかり忘れていると、河下さまが心配していましたので」

「なんだ、それで様子を見に来たのか」

「はい。耄碌するには早いと思ったのですが、気になりまして」

長兵衛は素直に答えた。

「話すのも面倒くさいんで、忘れた、覚えていないで通したんだ」

「やはり、お蝶の言うとおりでしたか」

「お蝶が何を言っていた？」

「金次郎さんのことを話したくなかったから耄碌して忘れたふりをしているんじゃない

かと。お義父さんらしいわと言ってました」

「………」

「どうしました？」

「いや、お蝶はおまえには過ぎた女房だと改めて思った」

「じゃあ、やっぱり金次郎さんのことを話したくなかったんですね」

「話すようなことはないからな」

親父は目をそらした。

「金次郎さんは十五年前の火事のときから行方がわからなくなっていましたが、何があったのかご存じなのではありませんか」

「俺が知るわけない」

親父は言下に答えたが、どこか態度がおかしい。何か隠しているような気がしてならない。

「金次郎さんは殺されて埋められていたのです。それが去年の洪水で十四年振りに亡骸が見つかり、最近になって身許がわかったのです」

長兵衛は続けた。

「首から観音さまのお守りを下げていたと女中だった女が言ったので、金次郎さんだとわかったそうです。親父は首のお守りのことを知っていたんじゃありませんか」

「…………」

「なぜ、去年、骨が見つかったときも黙っていたのですか」

「忘れていた」

「今になって骨が見つかり、身許がわかったのは、自分を殺した奴を探してくれという金次郎さんの魂の訴えかもしれません」

「…………」

「金次郎さんのおかみさんはどこに行ったんですね」

「俺は知らぬ」

親父は首を横に振った。

「弟も？」

「ああ。家を焼け出されたあと、どこかに引っ越していった」

「金次郎さんが使っていた土地を『幡随院』が借り受けたわけですよね」

「地主との掛け合いだ。金次郎のかみさんや弟は関係ない」

そっけない言い方だ。焼け出された上に亭主が行方不明になったのなら、もっと親身になってやるのが当たり前だ。

「金次郎さんの手掛かりが摑《つか》めたら知らせるとおかみさんに言わなかったのですか」

長兵衛は執拗《しつよう》にきいた。

「言ったが、無理しなくていいという返事だった。つまり、知らせてくれなくていいということだったんだ」

「そんなばかな、行方不明になった金次郎さんが心配だったのではありませんか」

「わからん」

親父は面倒くさそうに言う。

なぜか、親父らしくないと感じられた。なぜ、もっと進んで手を貸そうとしなかったのだ。

「金次郎さんとおかみさんの仲はどうだったんですか」

「さあ、どうだったろう。死んだ母さんはその辺りの事情も知っていたろうが……」

長兵衛の母は七年前に亡くなっている。弔いにも、金次郎のかみさんは来なかった。

親父が知らせなかったのか。知らせようにもほんとうに引っ越し先を知らなかったのか。

「親父は金次郎さんと親しかったですね」

「それほどでもない」

「よく将棋を指していたじゃありませんか」

「気が合うのは将棋だけだった」

金次郎の話題を避けているように感じられる。

「河下の旦那から、金次郎が殺されていたってことを聞いて、さぞ驚いたでしょうね」

「驚くも何もすっかり忘れていたからな」

親父は冷やかに言う。

やはり、親父はこの話に触れたくないようだ。何か隠している。そう思わざるを得なかった。

金次郎の死におかみさんと弟が深く関わっているのではと、勝手に想像した。そのことを知っているから親父はこの件に触れたがらない……。

「それより、『川辰屋』はどんどん人足を集めているそうだ。もうずいぶん抱え込んだろう」

親父が話題を変えた。

金次郎の件はおいおいきき出していくしかないと、長兵衛は引き下がり、

「お城と神田川の復旧を請け負うことになっているんですよ。最近、『川辰屋』の稲造《いなぞう》は普請奉行にべったりだそうですからね」

「じゃあ、入札も当てにならねえな」

親父は顔をしかめた。

「ええ。『川辰屋』が請け負うことに決まっているんでしょう」

「それを手をこまねいて見ているのか」

「『川辰屋』の稲造と普請奉行の密約の証があればいいのですが、残念ながらそれがあ

りません。でも、このままですますつもりはありません」

「そうだ。不正を許してはだめだ」

「わかっています」

部屋の中もだいぶ暗くなってきた。

「それじゃ、また来ます」

長兵衛が立ち上がると、そこにお染が入ってきた。

「あら、長兵衛さん、もうお帰り？」

「へえ。これから行かなくてはならないところもあるんです」

「そうなの。なら、仕方ないわねえ。たまにはゆっくりしていってくださいな」

お染はがっかりしたように言う。

「ありがとうございます」

長兵衛は再び庭に下りて引き上げた。


浅草御門を抜けて蔵前《くらまえ》通りを行き、駒形《こまがた》から吾妻《あづま》橋の袂《たもと》までやってきたとき、『ち組』の人足半纏《にんそくばんてん》を着た火消しの男たちと出会った。みな、手に鳶口《とびぐち》を持って、険しい顔だ。

「これは『幡随院』の親分さん」

亀三《かめぞう》という兄貴分が挨拶をした。

「どうなすった？　みな、殺気だっているようだが」

「へえ」

亀三はきまりが悪そうに、

「ちょっと掛け合いに……」

「掛け合い？　そんなものを持ってですかえ」

長兵衛は手にしている鳶口を指さした。

「こいつは念のためでして」

「行き先は？」

「へえ」

亀三は言いよどむ。

「ひょっとして、『と組』じゃないのか」

亀三ははっとした。

「先月、駒形町の火事の際、消し口の取り合いで纏持《まといも》ち同士が喧嘩になったそうだが、そのときの遺恨がまだあるのか」

「へえ、さっきうちの若い者が『と組』の連中にからかわれたんです。それで話をつけに」

「些細《ささい》なことが大喧嘩にならないとも限らない。きょうはやめておくんだ」

「でも」

「同じ火消し同士だ。大義のない喧嘩はしても意味はない。組を背負って喧嘩をするなら、もっと大きな相手に向かっていくんだ」

面子《メンツ》のための喧嘩などつまらねえと、長兵衛は亀三を諭した。

「一晩経《た》てば落ち着く。その上で考えるんだ。それでも腹の虫が治まらないなら、改めて出向けばいい。ただし、鳶口なんて持たないで、堂々と話をつけに行くんだ」

「へえ」

亀三は頷いた。

「それでも治まらないなら、『幡随院』に来い。俺が相談に乗る」

「わかりやした」

亀三は引き下がった。

長兵衛は花川戸に急いだ。

『幡随院』に帰り、長兵衛は居間の長火鉢の前に落ち着いた。鉄瓶が湯気を噴いている。

「おまえさん、人形町はどうだったんですね」

お蝶が鉄瓶をとって急須に湯を注ぎながらきいた。

「おまえの言うとおりだった」

長兵衛は苦笑しながら、

「親父は元気だった。毫毛なんて微塵《みじん》も感じない」

「そうでしょう」

お蝶は湯呑みを長兵衛に差し出した。

「すまねえ」

湯呑みを受け取り、長兵衛は一口すすった。

「それより妙なんだ。親父は十五年前のことを俺にも言おうとしない。金次郎さんのことも何か隠しているような気がしてならない」

長兵衛は首をひねった。

「何を隠すことがあるんでしょう」

お蝶も不審そうに言う。

金次郎の死におかみさんと弟が深く関わっていることを知っているから親父はこの件に触れたがらない。長兵衛は自分の想像を口にしようかとも思ったが、根拠もないことなので胸に畳んだ。

「それにしても不思議だこと」

お蝶がぽつりと口にした。

「なにが不思議なんだ？」

「だって、この家に十五年前を知っている人は誰もいないんだもの」

お蝶は目を見張った。

「吉五郎もここに来たのは十三年前だ。そういえば、古い連中は誰もいないな」

すっかり代が替わっているのだと、長兵衛はいまさらのように驚いた。

「源さんがいたらな」

ふいに源三のことを思い出した。

「源さんって」

「源三さんという、長く奉公してくれた番頭さんだ」

源三は八代目である親父の右腕だった男だ。『幡随院』をやめるとき、源三は自分の後釜に吉五郎を推したのだ。

「源さんは五年前に体を壊してうちをやめたんだ。今は、別れたおかみさんのところで養生しながらのんびり暮らしているはずだ」

「源三さんは所帯を持っていたの？」

「そうだ。親父が仲人をした。近くの長屋に所帯を持って、ここに通っていた。ところが、源さんは家に帰らず、ここに寝泊まりすることが多かった」

「まあ」

「源さんにとってはおかみさんより親父のほうが大事だったみたいだ。それで、おかみさんは愛想を尽かして実家に帰ってしまったんだ」

「そう」

「ところが、体を壊した源さんをおかみさんは受け入れてくれたんだ」

「おかみさんにしたら、やっと源三さんが自分のところに帰ってきてくれたという思いだったのかしら」

「そうかもしれない」

「源三さんなら十五年前のことを何か知っているかもしれませんね」

「そうだな」

長兵衛は懐かしんだ。子どもの頃からいろいろ教えてもらった。やめてから一度訪ねたきりだ。

無性に源三に会いたくなっていた。

「若旦那」

襖の向こうで吉五郎の声がした。

「入れ」

「失礼します」

吉五郎が勝五郎とともに入ってきた。

「若……、いえ親分」

吉五郎はお蝶にちらっと目をやり、あわてて言いなおした。

「なんだ？」

長兵衛は促す。

「常吉のことで」

そう言い、吉五郎は勝五郎に顔を向け、

「お話しするんだ」

と、声をかけた。

「へい」

勝五郎は会釈をしてやや身を乗りだし、

「常吉に上州の話を持ち出していろいろきいてみました。飯盛女の話や太田宿で有名な料理屋のこともきいたら知っていると言いました。でも、その料理屋のことはあっしの出鱈目《でたらめ》だったんです」

勝五郎は言ってから、

「常吉は上州の出身じゃありません。一時期身を寄せていたということもないと思います。上州のことをまるで知りませんから」

「出身を偽っていたというわけか」

「へえ。おそらく『幡随院』にもぐり込むために」

「常吉は今、どうしているのだ?」

「それが、姿が見えないんです」

吉五郎が渋い顔で答える。

「見えない?」

「荷物もありません。勝五郎に問い詰められて、正体を見抜かれたと思い、あわてて逃げていったのだと思います」

「常吉はなんのためにうちに入り込んだのか……」

長兵衛は見当がつかなかった。

「弥八が言うように、賊の手引きをしていたんでしょう」

「そこだ。わからないのは」

長兵衛は腕組みをし、

「何の狙いがあってうちに忍び込もうとしたのか。そこが想像もつかねえ」

長兵衛はため息をついた。

「やっぱりあっしが狙いじゃ……」

勝五郎が険しい顔で口にした。

「それは違うと言ったはずだ」

長兵衛が言うと、

「いえ、聞いてください。代官所の密偵ではなく、あっしが殺した上州新田郡久々宇の丈八の子分が、江戸にいる仲間の手を借りてあっしを殺そうとしているんじゃ」

「夜中に忍び込んで暗殺するっていうのか。それは無理だ。うちには大勢たくましい男たちがいるのだ」

「火を付ける気では……」

「付け火だと？」

「勝五郎、そいつは考えすぎだ」

吉五郎が口をはさんだ。

「そうだ、火事を起こしたからっておまえを殺せるとは限らねえ」

長兵衛は否定した。

「賊はおまえの件とは関係ない」

「そうでしょうか」

「そうだ。考えすぎるんじゃねえ。いいな」

長兵衛は諭して、

「吉五郎、おめえからもよく言い聞かせるんだ」

「へい」

吉五郎は頷き、

「では。さあ、行こう」

と、勝五郎を連れて部屋を出ていった。

「付け火か」

長兵衛は呟いた。

「おや、おまえさん。付け火にこだわるのかえ」

お蝶がきいた。

「いや、そうじゃねえ。ただ、そういう見方もあるのかと驚いたのだ。そうだとしたら、俺たちの考えつかない何かが賊の狙いなのかもしれないと思ったのだ」

賊の狙いは普通ではなかなか思いつかないことではないか。そうだとすると、想像さえも難しい。

それより、賊は目的を果たしたのか。果たしてなければまた忍び込んでくるかもしれない。

「ちょっと庭に出てみる」

長兵衛はお蝶に言って立ち上がった。

星が輝いている。夜風は冷たいが、それでも春の温《ぬく》みを感じる。梅の木もじきに芽吹いてきそうだった。

長兵衛は賊が塀を乗り越えて逃げた場所に行った。確かに、盛り土がしてある場所で、塀を乗り越えるのは難しくなさそうだ。

背後にひとの気配がした。

「若旦那」

吉五郎だった。

「どうした？」

「若旦那こそ、どうしてここに？」

「賊の狙いが気になってな」

「じつはあっしもそうなんです。そうそう、今になっても常吉は帰ってきません。人足のひとりが昼間、風呂敷包みを抱えて出ていく常吉を見ていたそうです。やはり、逃げていったんじゃないでしょうか」

「賊の仲間だったか」

「へえ。見抜けず、申し訳ありません」

「見抜くのは無理だ。気にすることはない」

「へえ」

「賊は何かを探していたんだろうか」

「どうでしょうか」

「そうだとしたら、常吉がひとりで探せるものではなかった。だから、仲間を引き入れたのだ」

「そうですね」

「問題は賊が目的を果たしたのかどうかってことだ。それによっては、またそのうち忍んでくるだろう」

「あっしもそのことが気になってました。ただ、常吉が出ていって引き込み役がいなくなりました」

「疑うわけではないが、念のために新しく入った人足の身許を調べたほうがいいかもしれねえな」

「わかりました」

吉五郎は応えたあと、

「若旦那。あっしが『幡随院』にお世話になってかれこれ十三年になります」

「そうだな」

「その当時、番頭の源三さんから、『小金屋』の土地を手に入れたとお聞きしました」

「そうだ。火事で焼け出されたあと、金次郎さんが行方知れずになり、おかみさんたちも引っ越していった」

「すると、この庭の部分は『小金屋』の敷地だったたってことですね」

「うむ。この辺りはそうだ。それが、どうかしたか」

「いえ、ただ」

吉五郎は首をひねりながら、

「最近になって、『小金屋』の旦那が殺されていたことがわかり、ほぼ同じ時期に『幡随院』に不審な賊が侵入した。侵入した庭は『小金屋』の敷地だったところ。偶然だとは思いますが……」

長兵衛ははっとして、

「いや、関係あるかもしれねえ。賊の狙いは俺たちが予想もつかないことに違いねえ。それが金次郎さんの殺されたことと関係しているとしたら頷ける」

金次郎がなぜ殺されたのか。それを知ることが重要になってきたと思った。

四

翌日は朝からどんよりとした空だった。

旗本屋敷に奉公する中間を斡旋し、商家に下男を世話をしたり、『幡随院』は繁盛している。店のことはお蝶と吉五郎に任せ、長兵衛は腰に長脇差を差し、吾平を供にして店を出た。すれ違う者はみな長兵衛に挨拶をし、長兵衛も丁寧に会釈を返した。

店を出たところで、『ち組』の人足半纏を着た亀三と会った。

「親分さん、お出かけですか」

「どうした。やはり腹の虫が治まらないか」

長兵衛は昨日のことをきいた。

「いえ、そうじゃありません。落ち着いて考えたら、『と組』の連中とやりあっても仕方ねえと思いました」

「そうか。じゃあ、矛《ほこ》を納めるか」

「へい」

「そいつはよかった」

亀三と別れ、長兵衛は歩きだした。

蔵前通りから浅草御門を抜け、小伝馬町《こでんまちょう》を過ぎて東海道に入ると西に向かい、魚市場で賑《にぎ》わう日本橋を渡り、京橋を経て芝から浜松町にやってきた。

源三が五年前に『幡随院』をやめ、浜松町に住みはじめた頃、長兵衛は親父といっしょにその家を訪ねたことがある。

うろ覚えだったが、長兵衛は源三の家に辿《たど》り着いた。源三のおかみさんは履物《はきもの》屋をしていた。

店先に立ち、店番の若い男に源三を訪ねてきたことを告げた。若い男はすぐ奥に向かい、四十過ぎと思える女が出てきた。

「まあ、『幡随院』の若旦那」

源三のおかみさんは喜んで迎えた。見舞いに源三の好物の団子を持参した。

「どうぞ、こちらから」

いったん外に出て、裏口から庭に入り、源三のいる部屋に案内をしてくれた。

濡縁《ぬれえん》から上がり、おかみさんは障子を開け、

「おまえさん、『幡随院』の若旦那がいらっしゃいましたよ」

と、声をかけた。

「若旦那が……。入ってもらってくれ」

弱々しい声に、長兵衛は胸が締めつけられた。

「どうぞ」

吾平を庭先に待たせ、長兵衛は部屋に上がった。

源三は横になっていた。漢方薬の匂いがした。

「これは若旦那」

源三は起き上がろうとする。

「どうぞ、そのままで」

「いえ」

おかみさんの手を借りて、源三は半身を起こした。やつれていた。頬もげっそりし、目にも力はない。

「遠いところを……」

源三は力のない声を出す。

「お加減はいかがですか」

長兵衛はきいた。

「いつお迎えが来てもおかしくないんです」

源三は微かに笑った。

「そんな気弱なことを仰らないでください」

「いえ、もう十分に生きました。先代とほんとうに暴れまくりました」

楽しかったことを思い出したのか、源三は笑みを浮かべた。

物心がついたときから、『幡随院』の番頭だった源三は長兵衛にいろいろ手解《てほど》きをしてくれた。博打《ばくち》や喧嘩の仕方を教えてくれたのも源三だし、はじめて吉原に連れていってくれたのも源三だった。

「最近、親父はここに？」

「ええ。二カ月ほど前にいらっしゃいました。ときたま、来てくれます。ですから、今の『幡随院』の様子も伺っています。若旦那にお蝶さんといういい嫁が来てくれて安心だと仰ってました」

「そうですか」

親父も、源三と昔の話をするのが楽しみなのだろうと思った。

「こうして源三さんと会っていると、いろいろなことを思い出します。中でも痛快だったのは旗本の子弟たちとの喧嘩」

長兵衛は思い出して言った。

長兵衛が十六歳のときだった。浅草寺の奥山に源三とふたりで遊びに行ったとき、旗本の子弟らしい二十歳前後の若い侍がふたりの仲間と楊弓場《ようきゅうば》の前で矢場女《やばおんな》に無体なことをしかけていたので、通りがかった長兵衛が止めに入った。

その若い侍が向かってきたので、長兵衛は投げ飛ばしてやった。すると、仲間が刀を抜いた。こんな場所で刀を振り回したら他の人に迷惑がかかる。時と場所を変えて、改めて決着をつけましょうと源三が言った。相手は望むところだと承知をし、入谷《いりや》の寺の裏手を指定してきた。

夜になって、長兵衛は源三といっしょに約束の場所に行った。相手は他に仲間を三人も連れてきていた。そのうちのひとりは大柄で屈強そうだった。全部で六人だったが、長兵衛は臆することはなかった。

源三は「若旦那、教えたとおりに思う存分暴れなさい」とけしかけた。

「相手は武士の子が六人。こっちはひとり。源三さんの言うとおりにやったら相手はみな逃げだしました」

まず一番の親玉を襲ってやっつけろと源三から言われたので、いきなり大柄な屈強そうな侍に突進し、木刀を振り回して圧倒し、痛めつけたのだ。気迫に圧倒された残りの五人はもはや敵ではなかった。木刀で渡り合い、全員をやっつけた。

その間、源三は満足そうに笑いながら見ているだけだった。

「他にもならず者とやり合ったことがありました」

長兵衛が言うと、

「駕籠《かご》かきや鳶の者もやっつけ、若旦那は花川戸の暴れん坊と言われてました」

源三も笑った。

「いつも源三さんは見ているだけだった」

「危うくなったら助けに入るつもりでしたが、若旦那は危なげなかったですからね」

「こっちは必死でした」

「そうは見えませんでした。楽しんでいるようでしたよ」

源三は目を細めた。

「それにしても、あの頃から若旦那は義侠心に富んでました。どの喧嘩だって、もとはといえば、いじめられていたひとを助けるためだったんですからね」

「源三さんのおかげで喧嘩は強くなりました。いえ。喧嘩ばかりじゃない。私を吉原に連れていってくれました」

「そうでしたね」

「私は十六歳でした」

あのときの敵娼《あいかた》の花魁《おいらん》を今でも覚えている。京人形のような妓《おんな》だった。何度か通ったのだ。

「十六歳でしたか。ずいぶん堂々としていました」

源三は頷いたが、

「でも、あれはあっしじゃないんですよ」

と、口元を綻ばせた。

「えっ？」

「大旦那に頼まれたんですよ」

「親父に？」

「ええ。喧嘩ばかりして困る。女を覚えれば、少しは変わるかもしれねえと仰って。それで、あっしが吉原に連れていったんです」

「そうだったんですか」

長兵衛はそこまでは知らなかった。

「大旦那は若旦那が可愛《かわい》くてならなかったようです。自分じゃ甘くなってしまうから、息子を厳しく教え込むのは源三に任せると仰って」

今はじめて聞く話に、長兵衛が驚いていると、

「若旦那、あっしに何かききたいことでもあるんじゃありませんか」

と、源三がふいにきいた。

「すみません。ほんとうはそうなんです」

長兵衛は素直に応えた。

「何を仰いますか。どんな理由であれ、若旦那にお会い出来て、あっしはうれしいんですよ」

源三は目に涙をためた。

源三に涙など似合わなかった。それだけ年をとったというより、病から気が弱くなっているのだろう。

「で、なんですね」

源三が話を促した。

「じつは去年の九月の大雨で、千住から浅草一帯が水浸しになったのです。水が引いたあと、日本堤の土手の崩れたあとから骨になった死体が見つかりました」

「…………」

「最近になってその死体が十五年前に行方不明になっている金次郎さんだとわかったそうなんです」

「金次郎？」

源三は大きな声を出した。

「覚えていらっしゃいますか」

「覚えているもなにも、『幡随院』の隣の家でしたからね。あっしも親しくさせてもらっていました」

「金次郎さんがいなくなった当時のことはいかがですか」

「よく覚えています。十五年前、吉原から火の手が上がり、あの一帯を焼けつくしたんです。焼け跡を片づけていると、隣家のかみさんが亭主がいないと騒ぎ出したんです」

「おかみさんと他に誰かが住んでいましたね」

「ええ、かみさんの弟です」

頭はしっかりしているようで、長兵衛は安心した。

「金次郎さんに何があったのか。当時は源三さんはどう思っていたのでしょうか」

「まったくわかりませんでした。あの火事で近辺では何人かの焼死者が出ましたが、その中には金次郎さんはいなかった」

「金次郎さんは刃物で斬られ、日本堤の土の中に埋められていたんです。火事とはまったく関係なかったのです」

「そうですか」

源三は表情を曇らせた。

「金次郎さん夫婦の仲はどうだったんでしょうか」

「夫婦仲……」

続けようとしたが、息が荒くなって源三は言葉を続けられなくなった。

「源三さん。どうぞ横になってください」

長兵衛は勧め、手を貸して横たわらせた。

「すみません」

源三はやっとのように口にした。

「あまり長居してもいけません。今日はこれで帰ります。また、参ります」

「待ってます」

源三は息苦しそうに言う。

そこにおかみさんがお茶を持って現われた。

「あら、お帰りですか」

「ええ、また寄らせてもらいます」

そう言い、長兵衛は部屋を出た。

見送りについてきたおかみさんが、

「若旦那。きょうはありがとうございました。うちのひと、喜んでいました」

「私も久しぶりに源三さんとお会い出来てよかった。源三さんとの思い出がいろいろ蘇《よみがえ》りました。私は源三さんに育てられたようなものですから」

「ぜひ、またお越しください。若旦那は俺の倅のようなものだといつも言っています。若旦那を育てたのは俺だと。それがうちのひとの自慢なんです」

「近いうちに、また来ます」

「きょうのようにお話が出来るといいのですが」

長兵衛は聞きとがめた。

「どういうことですか」

「じつは、お医者さまから、持ってあとひと月と言われています」

「…………」

脳天を殴られたような衝撃を受け、長兵衛はすぐに声が出せなかった。

「そんなだとは……。親父は知っているのでしょうか」

「ええ」

おかみさんは悲しげに言う。

どう言葉をかけて辞去したか覚えていないほど取り乱しながら、長兵衛は来た道を戻った。

吾平が不思議そうについてくる。長兵衛は、涙が込み上げてきて、そのたびに空を見上げてため息をついた。

夜、居間でお蝶から声をかけられた。

「おまえさん、何か屈託がありそうだけど」

「うむ」

源三のことが頭から離れないのだ。

「じつは源さんがよくないんだ」

「よくない？」

「あとひと月持つかどうからしい」

「そうでしたか」

お蝶も声を詰まらせた。

「俺は源さんに育てられたようなものだからな」

「近いうち、私も行きます。源三さんに挨拶しておきたいもの」

「そうだな。お蝶を連れていったら喜ぶだろう」

「金次郎さんのことをきき出すのは難しそうだが、それはやはり親父にきけばいい。今度は純粋な思いで源さんに会いに行く」

長兵衛は悲しみで胸が塞がれる思いで言った。

その夜、長兵衛は源三のことを思いながらなかなか寝つけなかった。

五

ふつか後の昼過ぎ、朝早くから出かけていた弥八が息を切らして戻ってきた。

店で、長兵衛は吉五郎から帳簿を見せてもらっていたところだった。

「どうした、そんなにあわてて」

吉五郎が声をかけた。

「へえ、中間の淳平の居場所がわかりました。日暮里にある女中の実家にいました」

旗本増沢庄兵衛の中間だった男だ。

「そうか。よくやった」

長兵衛は声をかけ、

「日暮里で何をしていた？」

と、きいた。

「特には何もしていません。百姓家の離れに隠れているようです」

「いずれ出ていくつもりだろう。淳平に会ってこよう。弥八、ご苦労だが案内してくれ」

「若旦那」

吉五郎が眉根を寄せ、

「やっぱり、気になるんです」

「何がだ？」

長兵衛は問い返す。

「増沢さまのご用人の話です。どうも、まだ引っ掛かるんですよ」

「だが、淳平が女中を連れて欠落《かけおち》したのは、弥八の調べで嘘ではないことはわかっているのだ」

「ですが」

「淳平が幡随院長兵衛という俠客に憧れを抱いていたっていう話が怪しいっていうんだろう」

「ええ、江戸から帰った商人から聞いて憧れを抱いたのなら、まっすぐここに来るはずじゃありませんか」

「そうだが、罠《わな》なら罠でいい。何のためにそんな真似《まね》をするのかきき出してみる」

長兵衛はあっさり言う。

「若旦那。あっしがお供をしますぜ。それに、弥八にまた日暮里まで行かせるのは……」

吉五郎が言うと、弥八はすぐ、

「番頭さん、あっしなら全然苦じゃありませんぜ」

と、元気な声で応じる。

「そうか。じゃあ、しっかりお供をするんだ」

「吉五郎、何を心配しているんだ？」

「いえ。あっしの考えすぎだと思います」

吉五郎が引き下がった。

長兵衛はすぐに外出の支度をしに奥に戻った。

長脇差を腰に差し、長兵衛は弥八とともに日暮里に向かった。

日本堤を通り、吉原の衣紋坂《えもんざか》の入口に立つ見返り柳を見て、三ノ輪から音無川《おとなしがわ》に沿って根岸に出て、やがて日暮里にやってきた。

陽《ひ》が傾いてきて水路に反射していた。

百姓家が点在している中の一軒に、弥八は向かった。

「あの百姓家の離れに女とふたりで住んでいます」

弥八は指さして言う。

母屋の裏手にまわって、柴垣の前で立ち止まり、弥八はひとりで庭に入っていった。

そして、すぐに戻ってきた。

「おります」

「女もいっしょか」

「いえ、今は淳平だけです」

「よし」

長兵衛も庭に入り、離れに向かった。こぢんまりとした離れの濡縁の傍に立ち、障子越しに弥八が声をかけた。

「ごめんなさいよ」

「…………」

返事がない。

「こちらに旗本増沢庄兵衛さまの中間だった淳平さんがいらっしゃると聞いたのですが。花川戸の幡随院長兵衛さまがお目にかかりに上がりました」

弥八がいうと、部屋の中で微かな物音がした。

障子が開いて、二十五、六歳の男が顔を出した。純朴そうな顔だちの男だ。

「幡随院長兵衛さまで?」

男が驚いた顔をして長兵衛を見た。

「淳平か」

長兵衛はきいた。

「そうです」

「話がしたい」

「はい。どうぞ、お上がりを」

「いや、ここでいい」

長兵衛は立ったまま、

「おまえさんが旗本の増沢庄兵衛さまの屋敷に奉公していたのは間違いないのか」

「はい。半年前から奉公に上がっていました」

「なぜ、屋敷を飛び出したのだ？」

「それは……」

「女中を連れて逃げたそうだな」

「はい」

「用人の話では、おまえさんは女中と恋仲だったそうだな」

「いえ」

「恋仲だった女中に殿さまの手がつき、おまえさんは女中を連れて欠落した」

淳平は俯《うつむ》いて聞いていたが、

「違うんです」

と、顔を上げた。

「違う?」

「確かに、わたしはおすみさんを殿の手から守るためにいっしょに逃げました。でも、ここに来て、おすみさんから聞きました。あんたを騙《だま》して申し訳なかったと」

女中はおすみという名らしい。

「騙した?」

「はい。おすみさんはもともと殿のご寵愛《ちょうあい》を受けていたそうです」

「では、おすみが殿さまから逃げたかったのか。それならば、おすみは自分ひとりで逃げればよかったではないか。なぜ、おまえさんを道連れにしたのか、そのわけをきいたか」

「はい」

「わけはなんだ?」

長兵衛は迫るようにきく。

「殿との関係を奥方さまに気づかれそうになって、私とおすみさんが出来ているように繕うためです」

「なに、奥方さまの目をごまかすため？」

「はい。私とおすみさんが欠落すれば、奥方さまは殿への疑いを解くだろうと。奥方さまは大身の旗本の家から嫁にきているので、殿は頭が上がらないそうで」

「なんと」

長兵衛は呆れた。

「騙されたと知ってどう思ったのだ？　怒り狂ったか、それとも怒りを通り越して愕然《がくぜん》となったか」

長兵衛はきいた。

「それは……」

「増沢さまがおまえさんの請人や斡旋した口入れ屋に苦情を言えば、請人や口入れ屋はおまえさんを奉行所に訴えたかもしれぬのだ。そうなったら、おまえさんは小伝馬町の牢屋敷《ろうやしき》送りになった。それだけのことをしたのだ」

「はい、万が一のときはその覚悟でおりました。なんとしてでも、おすみさんを助けたかったからです。私はおすみさんに惚《ほ》れています」

淳平は実直そうに言い、

「ここに来て、私は自分ひとりで自訴して出るから、おすみさんはこのまま逃げてくださいと言いました。そしたら、おすみさんがほんとうのことを話してくれたんです」

「この後、おすみはどうするつもりなのだ？」

「私たちはまたお屋敷に戻れるから安心してとおすみさんは言ってました。幡随院長兵衛さまが迎えにくるからと」

「なぜ、俺が迎えにくると思ったのだ？」

「わかりません」

「おまえさんが俺の名を出したということは？」

「いえ」

「俺のことを口にしていないのか」

「はい」

ふと、背後にひとの気配がした。

振り返ると、若い女が立っていた。

「おすみさん」

おすみは近寄ってきた。

「幡随院長兵衛だ。今、淳平から話を聞いた」

「すみません」

「この筋書きを書いたのは、おまえさんひとりではないな」

「はい。殿のお考えです」

「なるほど。殿さまもご用人もみな仲間か」

「はい」

「なぜ、ご用人は俺のところにやってきたのだ？」

「奥方さまが長兵衛さまをご贔屓《ひいき》になさっているそうです。長兵衛さまがふたりを許すように仰れば、奥方さまは反対しないと」

「奥方さまがなぜ俺を？」

「いつぞや、町で喧嘩の仲裁に入った長兵衛さまをお見かけしたことがあったそうです。そのときの印象が強く残っていて、江戸一番の侠客幡随院長兵衛さまのところから中間を雇うようにと、ご用人さまにもいつも話していたそうです」

「俺は奥方さまを騙すために利用されたのか」

　長兵衛は憤然とした。

「申し訳ありません」

「それで、おまえさんたちはどうするのだ？」

「長兵衛さまの説得でお屋敷に帰ることになります」

　さも当然というように、おすみが言う。

「屋敷に帰って、おまえさんはまた殿さまと元どおりに？」

「そうなると思います」

「奥方さまに気づかれずにすむと思うか」

「………」

「今度気づかれたら、ただではすむまい」

「そのときは側室にしてもらうようにお頼みいたします」

「ご用人は俺にこう言った。女中はともかく淳平だけでも屋敷に戻るように説き伏せてくれと」

「嘘です」

「嘘ではない。ご用人の望みは淳平だけだ」

「そんな」

「ご用人は最初からおまえさんを迎え入れる気はなかったのではないか」

「………」

「ご用人が主人の考えを勝手に曲げて動くとは思えぬ。殿さまもおまえさんと手を切ろうとしているのかもしれぬ」

啞然《あぜん》としているおすみに、長兵衛は確かめる。

「おまえさんは殿さまが好きなのか」

「いえ。そんなんじゃありません」

「しかし、そなたも殿さまとの関係がいやではなかったのであろう」

「そうですけど……。お金のためです」

おすみは俯いた。

長兵衛はおすみから淳平に目を移し、

「おまえさんは戻ってくることを望まれている。どうする？」

と、確かめる。

「おすみさんといっしょでなければ戻りません」

淳平は毅然《きぜん》として言う。

「戻らなければ、ご用人は請人や口入れ屋に苦情を訴えるだろう。そしたら、おまえさんは奉行所に捕まる」

「仕方ありません」

淳平は厳しい表情で言う。

「あのお屋敷のご奉公はどうなのだ。いやか」

「いえ。いやではありません」

「では、続けられるのだな」

「はい」

「おすみはどうだ？　殿さまがもう別れたがっていたとしてもご奉公を続けられるか」

「いえ。殿がそんな企《たくら》みをしていたのなら顔を見るのもいやだし、奥方さまのお顔を見るのも辛《つら》いですから」

「わかった。ふたりともいったん屋敷に帰るのだ。もし、その上でご奉公を続けるかどうか決めるのだ」

「でも、このまま帰って……」

おすみが不安そうな顔をした。

「俺が仲に立つ」

「ほんとうでございますか」

おすみが縋《すが》るように言った。

翌日、長兵衛は小石川の増沢庄兵衛の屋敷の客間で用人と対座した。

「淳平とおすみを見つけました。待たせてあります」

長兵衛は切り出した。

「そうか。ごくろうであった。で、ふたりとも近くにいるのか」

「はい」

「では、呼んで来てもらおう」

「その前に、確かめたいことがございます」

「なんだ？」

「おすみが言うには、すべて殿さまのお考えで、淳平を利用して欠落騒ぎを起こしたということでした」

「何を言うか」

「殿さまとおすみの関係を奥方さまに気づかれそうになった。そこで、淳平を利用して……」

「待て」

用人があわてた。

「おすみの言うことを信用するのか」

「おすみが嘘をついていると？」

「そうだ」

「ご用人さまはおすみをやめさせたいようですが」

「そうだ、殿を誘惑するような女はやめてもらうしかない」

「殿さまも同じお考えですか」

「いや。殿は……」

言いよどむ。

「殿さまはなんですか」

「殿はおすみに逆上《のぼ》せている。奥方さまに知られたら、殿の立場が……。なにしろ、奥方さまは嫉妬深く、ご実家は大身の旗本で、援助もしてもらっている。だから、奥方さまには頭が上がらぬ。おすみには出ていってもらうしかないのだ」

「殿さまに断りなくおすみを切り捨ててあとで問題になりませんか」

「奥方さまに知られたときのことを考えたら止むを得ぬ」

「事情はわかりますが、いちおう殿さまにおすみのことをお話しし、おすみの処遇をお決めになっては。その上で、おすみをやめさせるなら、それなりのことをしたほうがよろしいかと」

「金か」

「そうです。殿さまとのことは決して口外しないという条件で」

「うむ。わかった」

「淳平のほうですが」

「あの者には戻ってもらいたい。働き者であり、正直者だ」

「わかりました」

「奥方さまがそなたに会いたがっている。これから案内する」

用人は言い、

「奥方さまは殿とおすみのことを知らない。そのつもりで」

と注意をして奥方の待つ部屋に連れていった。

奥方は三十前の細面の優雅な顔だちに微笑みを浮かべ、長兵衛を迎えた。

「幡随院長兵衛どのか。よう参った」

「はっ」

「若いのにさすがの風格。お会い出来てうれしゅうございます」

「もったいないお言葉」

「去年の酉《とり》の市《いち》でのこと、たまたま出会わせました」

「酉の市？」

「職人たちと侍がいさかいを起こして今にも乱闘がはじまろうとしたとき、そなたが大声で割って入った。そのときの堂々たる男伊達《おとこだて》。まるで芝居を観《み》ているようでした」

旗本の奥方らしからぬ物言いだった。長兵衛の顔色を読んだように、

「私は芝居が好きでしてね。若い頃はよく芝居小屋に通っていました」

「大身の旗本のお姫様が、芝居見物が出来たのですか」

「はい。忍んで。初代の幡随院長兵衛どのを題にした歌舞伎を観たことがあります。その芝居を思い出しました」

初代長兵衛は江戸前期のひとで、市中で暴れる旗本奴をやっつけて町の衆から絶大な人気を得たが、延享《えんきょう》元年（一七四四）に長兵衛を題材にした歌舞伎が上演されてからさらに有名になり、初代幡随院長兵衛は江戸の英雄になった。

「増沢家に嫁してから芝居見はまったく出来なくなりました。それが、西の市での長兵衛どのの活躍を目に出来て仕合わせでした。初代長兵衛どのの再来といわれる九代目長兵衛どのにお目にかかれたこと、淳平とおすみのおかげだと言わねばなりません」

「奥方さまは中間の淳平をお許しになりますか」

「もちろんです。あとは殿にお任せします。私はそなたに会えただけで満足です」

奥方は微笑んだ。

このとき、奥方はなんでもお見通しなのではないかと思った。殿さまとおすみの関わりも知っていた……。

帰りがけ、このことを用人とおすみに告げると、ふたりとも目を丸くしていた。

第二章　襲撃者

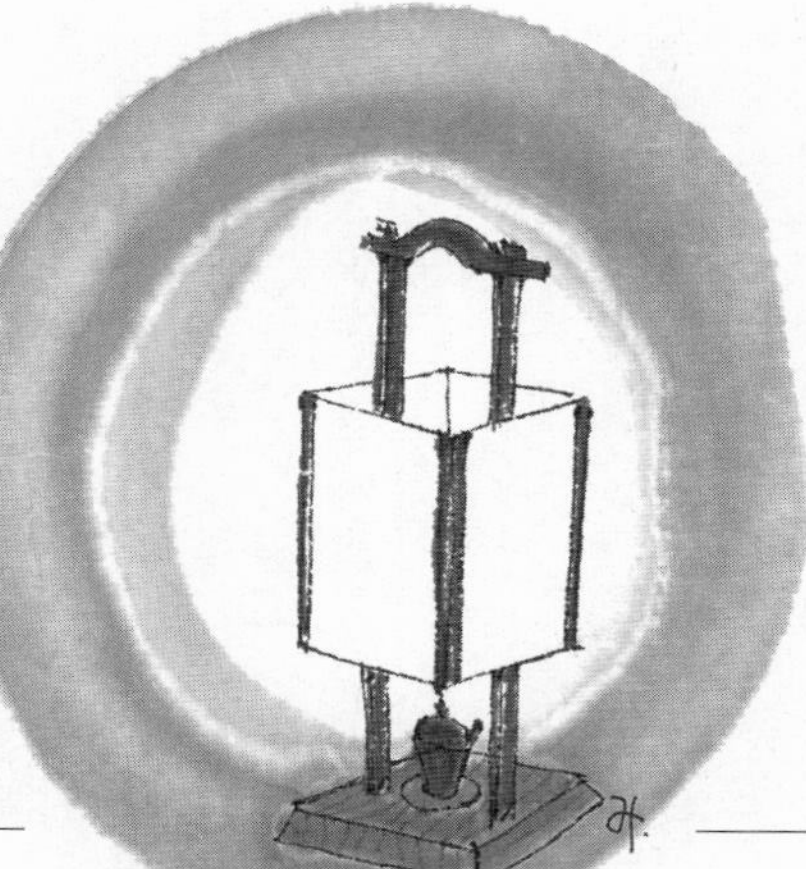

一

夕暮れどきに、長兵衛は人形町の『小染』を訪れ、父である先代と向かい合っていた。部屋の中は薄暗くなって、お染が行灯《あんどん》に灯を入れていった。

源三に会ってきた話をしたあと、

「源三さんはあとひと月持つかどうかだと、おかみさんが仰っていました」

と、告げた。

「………」

親父は俯いてため息をついた。

「じつは、『小金屋』の金次郎さんのことで話をききに行ったところ、源三さんがめっきり弱っていたんだ」

「二カ月前に会ったとき、ずいぶん痩せたと心配していたのだ。そうか、もうそんなか」

親父も表情を曇らせた。

「近いうちに、お蝶を連れて見舞いに行こうと思っています」

「うむ、源三は喜ぶだろう。なにしろ、おまえのことを実の息子のように可愛がっていたからな」

「はい」

長兵衛は頷いて、

「ところで金次郎さんのことですが」

と切り出すと、とたんに親父の表情は険しくなった。

「金次郎のことは知らんよ」

「まだ、何もきいていませんよ」

「……行方のことだ」

「行方？」

長兵衛がきき返すと。親父はあっと声を上げて、

「そうか。殺されていたんだったな」

と、あわてて言った。

耄碌したのかと心配になったが、この件以外の話し振りにはそのような懸念は感じられない。

金次郎のことになると曖昧な返答しかしない。やはり、何かを隠しているのだろうか。

「ききたいのは十五年前に、金次郎さんに何があったのかです」

長兵衛は口にする。

「それも知らないと言ったはずだ。いったい、なぜ金次郎のことを気にするのだ?」

「先日、うちに賊が忍び込んだんです」

「賊? 盗っ人か」

「いえ。盗っ人ではないようです。何度か忍んでいたようです。それだけでなく、その賊の仲間と思われる男は半月ほど前からうちに寄宿していたのです。そいつが裏口の閂を外して、賊を引き入れていたようなのです」

「………」

「狙いはわかりません。縁側の下にもぐり込んだだけで、床下を奥には向かっていないのです」

「妙だな」

親父も呟いたあとで、

「だが、それが金次郎とどういう関わりがあるのだ?」

「賊が忍んできた庭は、もとは金次郎さんが住んでいた土地なんです」

「そうか、『小金屋』の跡地を手に入れ、母屋を広げたのだったな」

親父は思い出して言う。

「あの土地に何かあるんじゃないでしょうか」

「何かとは何だ？」

「わかりません。ただ賊の不可解な侵入と、金次郎さんが死んでいたとわかったことがほぼ同じ時期だったので何かあるのではないかと思ったのですが」

「…………」

親父は押し黙った。考え込んでいるのだ。

「何か心当たりがあるのですね」

長兵衛は迫った。

「いや……」

親父は虚《うつ》ろな目をしていた。

「やはり、何か知っているんですね」

「そんなことはない」

「不思議に思っていたんですよ」

「何がだ？」

「将棋仲間で親しい金次郎さんがいなくなったというのに、十五年前の親父はあまり騒いでいなかった。なぜだろうと不思議でした」

「…………」

「ほんとうは何があったのかご存じなんじゃありませんか」

「長兵衛、もう少し待ってくれ」

親父は口を開いたが、あとの声の調子は弱かった。

「もう少し待つって、何を待つんですか。ひょっとして、金次郎さんのおかみさんの行方も知っているんじゃありませんか」

「………」

「知っているんですね」

「だから、もう少し待て」

親父は苦しそうな顔で言う。

「もう少し待ったら、ちゃんと話してくれるのですね」

「話す」

「いつまで待てばいいのですか」

「そうだな、十日だ」

「十日は長すぎます。三日で」

「三日は早い。では、五日だ」

親父は指を五本立ててみせた。

「五日ですね。約束ですよ」

「わかった」

親父はため息をついて言った。

親父は金次郎さんのおかみさんの行方を知っているのではないか。おそらく、会いに行くのだろう。

弥八にあとをつけさせようかと思ったが、約束した親父の言葉を信じようと自分に言い聞かせた。

お染に挨拶し、長兵衛は引き上げた。

庭先で待っていた弥八とともに帰途についた。外はすっかり暗くなっていた。出掛けに、お蝶から供をつけていくように言われ、弥八を連れてきたのだ。

浅草御門をくぐったあと、長兵衛と弥八を追い越していった遊び人ふうの長身の男がいた。二十七、八歳だ。長兵衛はおやっと思った。

人形町通りにいた男だった。

「あの男、さっきもいましたぜ」

弥八がはっとして言う。

「行きからつけてきたようだ。この先で、仲間が待ち伏せているのかもしれない。といっても、襲われるいわれはないが」

長兵衛は首を傾げた。

鳥越橋《とりごえ》を渡り、蔵前を過ぎると左手に成田八幡宮が現われ、その先に榧寺《かやでら》があって暗く寂しい場所に差しかかった。

「どうやら、現われなすったようだ」

長兵衛は前方の暗がりに数人の男が蠢《うごめ》いているのに気づいた。

そのまま歩いていく。

「さっきの男以外はみな、浪人だな」

「あっしたちが狙いでしょうか」

「そうらしいな。こっちを見ていやがる」

「どうしますかえ」

「せっかく待ってくれたんだ。挨拶しなきゃ申し訳ねえ。おめえはさっき追い越していった男を見逃すな。俺は浪人を相手にする」

「浪人は三人いますぜ」

弥八は緊張した声で言う。

「どうせ、金で雇われた浪人だ。命懸けで襲ってはきまい」

長兵衛は行く手を遮るように待ち構えている浪人たちの前で足を止めた。みながっしりした体つきだ。

「何か用か」

長兵衛は初めて旗本の子弟にひとりで立ち向かっていったときのことを思い出した。源三は喧嘩は胆力の勝負だと言い、親玉を先に狙えと教えてくれた。

この中では真ん中にいる巨軀《きよく》の浪人をやっつければ、他のふたりは戦意を喪失するだろうと踏んだ。

少し離れた場所にいるさっきの男が、

「旦那たち、そいつをやってくれ」

と、煽るように声をかけた。

三人が同時に刀を抜いた。

「あの男に金で雇われたのか。金で動くなんて恥ずかしいと思わねえか」

長兵衛は気勢を削《そ》ぐように一喝する。

その声に反発するように、右端にいた浪人が、

「黙れ」

と、斬り込んできた。

長兵衛は振り下ろしてきた刀を素早くかいくぐり、浪人の胸元に飛び込んだ。まさか、そんな動きに出るとは想像もしていなかったのだろう、浪人はあわてたようだ。

長兵衛は胸倉を掴み、足払いをかけた。

浪人は横転し、刀が手から落ちた。長兵衛はそれを拾い、切先を浪人の喉元に突き付

ける。

　すると、もうひとりが斬りつけてきた。振り向きざまに相手の刀を弾き、刀を返しながら相手の右腕を狙う。浪人は悲鳴を上げて、刀を落とした。

「やるな」

　巨軀の浪人が無造作に片手で刀を持ちながら迫ってきた。

「誰に頼まれた？」

「知らぬ」

「そうか、金さえもらえば、誰でも斬るというわけか。侍の矜持はないのか」

　長兵衛は刀を突き出して叫ぶ。

「そのようなものはとっくになくしている」

　言うや否や、相手は刀を振り下ろした。風を切る音が凄《すさ》まじい。だが、長兵衛は一歩下がって切先を避けた。続けざまに斬り込んできた。長兵衛も踏み込んで相手の刀を受け止めた。相手は渾身《こんしん》の力で上から押し込んできた。長兵衛は刀を押し返す。相手の力は強く、支えるのが苦しくなって、長兵衛は刀を手放して避けた。相手はよろけた。長兵衛は素早く長脇差を抜きながら巨軀の男の脇を駆け抜けた。その刹那、長兵衛の長脇差が巨軀の浪人の脚の太股《ふともも》を斬っていた。巨軀の浪人はうっと呻《うめ》いて片膝をついた。

　すでに遊び人の男は逃げたあとのようだった。弥八の姿がないのは、あとをつけていったのだろう。

最初の浪人が茫然《ぼうぜん》と立ちすくんでいた。

「俺を襲わせたさっきの男の名は？」

長兵衛はその浪人に刀を突き付けてきく。

「知らない、ほんとうだ」

浪人はすでに戦意を失っている。

「どこで声をかけられた？」

「本所一つ目の呑み屋だ。酒を呑んでいると声をかけてきた。手を貸してくれと。幡随院長兵衛を斬れば、大金が入るからと」

「どこから金が出るのだ？」

「聞いていない」

「騙されているとは思わなかったのか」

「信じた」

「なんという呑み屋だ？」

「『一文《いちもん》』だ」

「おまえさんたちは『一文』にはよく行くのか」

「たまにだ」

「声をかけてきた男とは何度か顔を合わせたことがあるのか」

「ない」

「わかった、そいつは早く医者に診せたほうがいい」

巨軀の浪人は太股から血を流している。

刀を返すと、浪人は決まり悪そうに受け取った。

「もう二度とばかな真似はするな」

そう言い捨て、長兵衛はその場を離れた。


花川戸の『幡随院』はすでに大戸を閉めており、長兵衛は潜《くぐ》り戸を入る。

吉五郎が帳場机に向かって算盤《そろばん》を弾いていた。

「お帰りなさい」

吉五郎が声をかけた。

「おや、弥八は?」

長兵衛の後ろに誰もいないので不思議そうにきいた。

「じつは蔵前で襲われた」

長兵衛は事情を話し、

「つけてきた男のあとをつけていった」

「そうですか」

吉五郎は呟き、

「それにしても、若旦那を襲うなんて誰なんでしょうか」

「わからねえ。ただ気になるのは先日庭に入り込んだ賊だ。今夜の襲撃と関係があるような気がしないでもねえ」

「そうだとしても、ますますわかりませんぜ」

吉五郎は首をひねる。

「じゃあ、部屋にいるから弥八が帰ったら知らせてくれ」

長兵衛は自分の部屋に向かった。

「何かありました?」

着物の汚れを払いながら、お蝶がきく。

「待ち伏せされた」

長兵衛は着替えながら話す。

「いったい何者か思いつかない」

「ほんとうにおまえさんを殺すつもりだったのかしら」

お蝶が呟く。

「どういうことだ?」

「何かの仕返しではないようね。おまえさんのことをよく知っている者だったら、浪人を雇ったぐらいで斃《たお》せはしないとわかっているはず」

「つまり、俺の知らないところで何かが起きているということか」

長兵衛は遊び人ふうの男のことを思い出しながら呟いた。

遅い夕餉《ゆうげ》をとり、長兵衛は居間で弥八の帰りを待った。

「まだ帰ってこないか」

煙管を長火鉢で叩《たた》いて、長兵衛は立ち上がった。

「どこへ行くんです？」

「ちょっと外に」

「弥八なら心配いりませんよ。私が見てきますから、おまえさんはでんと構えていてください」

「うむ」

長兵衛は腰を下ろす。

部屋を出ていったお蝶がしばらくして戻ってきた。

「まだですね」

「そうか」

長兵衛は心配だった。尾行に気づかれたのではないか。いや、弥八は敏捷《びんしょう》な男だ。

見つかったとしても、おいそれと捕まるようなことはあるまい。

弥八が帰ってきたのは五つ半（午後九時）をまわっていた。

吉五郎とともに弥八が入ってきた。

「遅くなりました」

弥八が畏《かしこ》まって言う。

「ごくろうだった」

「あの男のあとをつけたところ、両国広小路を突き抜け、両国橋を渡っていきました。そして、本所南割下水《わりげすい》の御家人《ごけにん》の屋敷に入っていきました」

「御家人だと？」

「へえ。辻番所《つじばんしょ》できいたら、小普請組《こぶしんぐみ》の多々良平造《たたらへいぞう》というお方だそうです。あの男は多々良家の中間のようです」

「多々良平造か。知らねえ名だ」

長兵衛は首を傾げたあとで、

「よくやった。ごくろうだった」

と、労った。

「弥八、飯はまだだろう。台所に用意してあるからね」

お蝶が立ち上がろうとすると、

「姐さん、だいじょうぶですよ」

と、吉五郎が言った。

「そうかい。じゃあ、吉さん、頼んだよ」

「へい」

吉兵衛と弥八が下がった。

「近頃、妙なことが続く」

長兵衛は思わず口にし、

「多々良平造なんて御家人はまったく知らない。ともかく、明日、多々良平造の屋敷に乗り込んでみる」

と、意気込んだ。

「しばらく様子を見たほうがいいんじゃなくて」

お蝶が口を出した。

「まだ、敵の狙いがわからないのだし、多々良平造に会ったって、ほんとうのことを言うはずないでしょうし」

「それもそうだな。ただ、多々良平造がどのような男か、弥八に調べさせよう」

長兵衛は素直に従った。

「ひょっとして」

ふいにお蝶が口にした。

「賊のことも多々良平造のことも、金次郎さんの死が明らかになったことと関わりがあるんじゃないかしら」

「俺もそう思っている。庭に忍び込んだ賊といい、今夜の襲撃といい、妙なことが偶然に重なるとは思えない。ますます金次郎さんがなぜ殺されたのか、十五年前に何があったのか、そのことが気になる」

今となっては、十五年前のことを知っているのは親父とその番頭だった源三しかいない。源三は病床にいる。やはり、親父の口から聞くしかない。五日経ったら話すと言っていたが、果たして親父はどこまで何を知っているのか。長兵衛はこの五日間が待ち遠しくてならなかった。

二

翌日、長兵衛は弥八を供に本所南割下水の武家地を入っていった。

「ここです」

小身の武士の屋敷が並ぶ中に、多々良平造の屋敷があった。その前で立ち止まり、弥八は冠木門《かぶきもん》を見つめ、告げる。

「男はこの門を入っていきました」

昨夜の襲撃は多々良平造が命じたのか。それとも、別の誰かが中間に命じたのかはわからない。

門から玄関のほうを見たが、人影はなくひっそりとしている。

「気づかれぬうちに行こう」

長兵衛と弥八はそのまま武家地を抜けて竪川《たてかわ》まで出た。そこから、大川のほうに向かう。穏やかな陽射しで、風も心地よい。

だが、長兵衛の胸の内は複雑で、春風に思いを寄せる心の余裕はなかった。昨夜の襲撃も金次郎の一件と何らかの関わりがあるのではないか。そのことで、知らぬうちに自分は何かに巻き込まれているのではないのか。そんな気がしてならない。

二ノ橋を過ぎてしばらくして、右手前方に呑み屋の軒行灯が見えてきた。『一文』だ。

「浪人たちはここで男に声をかけられたそうだ」

長兵衛は言い、

「浪人たちの言っていることがほんとうかどうか確かめたい」

「わかりました」

「じゃあ、頼んだ」

長兵衛は弥八と別れ、両国橋を渡って浅草御門に向かう途中、柳原通りから同心の河下又十郎がやってくるのに気づいた。

「これは河下さま」

長兵衛は立ち止まって挨拶をする。

「どこかへ行ってきたのか」

「へえ、本所南割下水まで」

「ほう、小普請組の屋敷に中間の世話か」

「まあ、そんなところです。では」

長兵衛が行き過ぎようとしたとき、

「待て、長兵衛」

と、又十郎が引き止めた。

「何か」

長兵衛は立ち止まって振り返る。

「先代のことだ。『小金屋』の金次郎のことで何か思い出した様子はないか」

「いえ、どうも親父はすぐには思い出せないようです、ただ、耄碌したわけではないので、いずれ思い出すこともあるかもしれませんが」

「そうか」

「河下さまのほうは金次郎さんのことで何かわかりましたか」

長兵衛は口にした。

「あっちへ」

又十郎は道端に誘ってから、

「金次郎の妻お豊の親類を探した。巣鴨に叔母が住んでいるっていうので会ってきた。十五年前の火事のあといったん身を寄せたが、お豊はすぐ出ていったそうだ。その後、便りもなく、叔母の家ではどこで何をしているのか誰も知る者はない」

「叔母の家に帰ってきたときは、おかみさんの弟もいっしょだったんですか」

「いや、ひとりだったそうだ」

「ひとり？　弟は別に動いていたってことですか」

「弟というのはろくな男ではないらしい。叔母は嫌っていた。だから、寄りつかなかったのだろうと言っていた」

確かに、弟は遊び人ふうの男だった。今から考えると、弟は商売を手伝っていたわけではなく、ただ金次郎の厄介になっていただけなのだ。

「叔母の家に来たとき、お豊の様子がおかしかったそうだ」

「おかしい？」

「うむ」

「………」

「お豊に金次郎のことをきくと、急に泣きだしたそうだ」

「泣きだした？」

「叔母は金次郎の行方不明に、お豊が関与しているのではないかと疑っていたらしい」

「おかみさんが金次郎さんを殺したっていうのですか」

「まあ、そういうことだ。弟の手を借りて金次郎の死体を埋めて、行方不明ということにして、そのまま何食わぬ顔で暮らし続けていくつもりだったが、吉原から火の手が上がって家も焼けた……」

「まさか」

「事実かどうかではない。叔母や家族の者はそう見ていたということだ。今度、金次郎の亡骸が見つかったと言うと、やはりと頷いていた」

又十郎は苦い顔で言う。

「旦那もそう見ているんですね」

「そう考えても矛盾はない」

又十郎は言い切った。

「ふたりはどうしたのでしょうか」

「とうに江戸を離れたかもしれない」

「そうかもしれませんね」

長兵衛もそう思った。もし、金次郎が失踪したと思っているのなら、ときどきは帰っていないかと、様子を見にくるはずではないか。

「じゃあ、この件はこれで終わりってことに？」

「うむ。ふたりが見つからない限り、先に進まぬからな。まあ、十五年の歳月は長いということだ」

「では、もう親父にきくこともないわけですね」

「まあ、お豊の行方を知っているのでない限り、こっちは動きようもない」

「そうですか」

確かに、お豊が金次郎を殺して、弟の手を借りて死体を埋めたのだとしたら、姿を消している理由も説明がつく。

親父はほんとうに金次郎が行方知れずになったと信じていたのだろうか。金次郎が殺されたのだとしたら、理由があるはずだ。日頃から金次郎夫婦と接していた親父は、何も気づかなかったのだろうか。

又十郎と別れ、長兵衛は花川戸に帰ってきた。

店に入ると、吉五郎が出てきて、

「大旦那からの使いがやってきて、今日いつでもいいから顔を出してもらいたいということでした」

「よし。これから行ってくる」

金次郎のことで何か打ち明ける気になったのだろう。長兵衛は部屋に上がらず、すぐ店を出た。


半刻（一時間）後、長兵衛は人形町通りにある親父の家に着いた。

長兵衛が庭に入っていくと、親父は日溜《ひだ》まりの濡縁にあぐらをかいて煙草をくゆらせていた。

「待っていた。上がるか」

「いや。ここで伺います」

長兵衛は長脇差を抜いて濡縁に腰を下ろした。

「まだ約束の五日にはならないのにお話ししてくれる気になったのですか」

「うむ」

親父は目を細めて煙草の煙を吐き、

「昨日、会ってきた」

「誰にですか。ひょっとして金次郎さんのおかみさんに？」

長兵衛は驚いてきき返した。

親父は黙って頷いた。

「おかみさんの行方を知っていたのですか」

「そうだ」

「それなのに、なぜ黙っていたのですか」

「事情があった」

「その事情をお話しくださいますね」

「長兵衛」

親父が煙管の雁首《がんくび》を煙草盆に叩いて灰を落として、

「金次郎のかみさんのお豊さんは、今、銀蔵《ぎんぞう》という男と芝神谷町で暮らしている」

親父は鋭い目を向けた。

「ゆうべ、お豊さんと話し合ってきた。おまえに自分の口からすべてを話したいと言ったんだ」

「すべてを?」

「そうだ。おそらく、俺が話しただけでは、おまえにはもの足らないはずだ。直《じか》にお豊さんから話を聞いたほうが、おまえも納得出来るはずだ」

「わかりました」

「ただし、言っておくが、お豊さんから聞いた話は他言無用だ」

「わかりました。誰にも話し……」

長兵衛はあっという顔をした。

「わかっている」

親父は苦笑し、

「お蝶にはいい。あの女は特別だ。お豊さんにはそのことも話してある」

「助かります」

「いいか、お蝶止まりだ。信用出来る男だろうが、吉五郎には話すな。際限がなくなる」

「わかりました。では、これから行ってきます」

長兵衛は腰を上げようとした。

「待て、あわてるな」

親父が制した。

「じつは、お豊さんがおまえの嫁さんを見たいと言うのだ。ついでだ。話をお蝶にも聞いてもらえ」

「お蝶といっしょに？」

「そうだ。あの女は賢い。いっしょに聞いたほうがいい」

十五年前に何があったのか、お豊にもわからない何かがあるのかもしれないと思った。

「わかりました」

「吉五郎に行き先を偽るのも心苦しかろう。ふたりで源三の見舞いに行くと言えばいい」

「神谷町から浜松町にまわってみます」

「それがいい」

親父は安堵《あんど》したようにため息をついた。長兵衛に隠し事がなくなる。そういう安堵のような気がした。


人形町から帰り、居間でお蝶に告げた。

「明日、神谷町まで付き合ってくれ」

「神谷町? 神谷町って愛宕山《あたごやま》の先ね。愛宕権現にお参りじゃないでしょうね」

お蝶は冗談混じりに言う。

「そうじゃねえ、じつは」

と、長兵衛はお豊の話をした。

「私に?」

お蝶は怪訝な顔をした。

「どうした?」

「おまえさんはお豊さんにも可愛がってもらっていたのかえ」

「金次郎さんほどでもないが、よく顔は合わせた。それがどうした?」

「いいえ。なんでも」

お蝶の態度が気になってきき返そうと思ったところに、吉五郎の声が聞こえた。

「若旦那。弥八が帰ってきました」

「よし、通せ」

襖が開いて、吉五郎は弥八を居間に入れると、

「じゃあ、あっしは店のほうに戻っています」

と、引き上げた。

弥八は長火鉢に近づいて畏まった。

「何かわかったか」

長兵衛は促す。

「へい」

弥八は大きく頷き、

「多々良平造は三十六歳。妻子がおります。剣の腕はかなり立つそうですが、酒癖が悪いそうです。小普請組になったのも酒の上での喧嘩が原因だそうです。それから、例の長身の男は国松《くにまつ》という中間ですが、『多幸屋《たこうや》』から派遣されているようです」

「『多幸屋』か」

亀沢町《かめざわちょう》にある口入れ屋だ。

「へえ。二年ぐらいいるってことです」

「本所一つ目の『一文』はどんな店だ?」

「気のよさそうな夫婦がやっているこぢんまりとした居酒屋でした。国松のことは知らないということでしたが、例の浪人たちはときたま呑みにきていたと言ってました」

「そうか」

浪人の言葉に嘘はないようだ。

「やはり、国松を問い詰めないと、何もわかりそうもありませんが」

弥八は積極的だ。

「いや、国松もただ命じられて動いているだけだろう。多々良平造か、それとも他の者に雇われているのか。しばらく、国松の動きを探ってもらえるか」

ふと、長兵衛はあることを思いついた。

「多々良平造が小普請組に入る前はどんなお役についていたか調べてくれ。とくに十五年前だ」

「わかりました。では」

弥八が引き上げたあと、長兵衛は何かすべてが十五年前に集約されていくような気がしてきた。

三

翌朝、長兵衛はお蝶とともに『幡随院』を出た。吉五郎には源三の見舞いだと言い置いた。

お蝶は足も達者で、愛宕下に差しかかったときには花川戸を出てから一刻（二時間）近く経っていたが、疲れた素振りは見せなかった。

このまま愛宕山の急な石段を上ることが出来そうな感じだ。行楽なら愛宕権現にお参りをしていくところだが、神谷町まであと僅《わず》かだ。

お蝶も愛宕権現のことは口にせずに先を急いだ。

神谷町の町筋に入り、小間物屋と惣菜屋《そうざいや》に挟まれた荒物屋がお豊の家だった。

長兵衛は店先に立ち、薄暗い中を覗いた。四十半ばぐらいと思える女が店番をしていた。長兵衛は土間に入った。

店番をしていた女が立ち上がった。

「『幡随院』の若旦那ですね」

「お豊さん」

昔の面影があった。

「お久しぶりです。そちらがお蝶さんですね」

お豊はお蝶に顔を向けた。

お蝶は一歩前に出て、

「はじめまして。お蝶です」

と、挨拶をする。

「よくお出《い》でくださいました。さあ、ここからお上がりください」

お豊はふたりに言い、先に上がった。

小さな庭に面した部屋に通された。

「今、お茶を」

「お店のほうは？」

「じきに使いに行った小僧が戻ってきますから」

そう言い、お豊は隣の部屋で茶の支度をしている。

銀蔵も外出しているのだろうかと思ったとき、頭上でみしりという音がした。二階に誰かがいるのかもしれない。銀蔵だろうか。

茶が運ばれてきて、ようやくお豊も目の前に座った。

「大旦那から、若旦那が十五年前のことを知りたがっていると相談されました。それなら、いっそ私のほうから直にお話しすべきかと思いまして」

お豊が切り出した。

「親父はなにひとつ話そうとしませんでした」

「そうですか。やはり……」

お豊が言いさす。

「やはり、なんですか」

「いえ。そう、やはり私のほうから話すのがいいと思われたからでしょう」

「あっしが聞いていてもよろしいのでしょうか」

「はい、大旦那からもそう言われています。お蝶さんにも聞いてもらえば、何かわかるかもしれないと」

「何かわかるとはどういうことなのですか」

長兵衛は聞きとがめて問い返した。

「じつは私にもわからないことがあるのです」

そのとき、またみしりという音がした。

「二階にどなたかいらっしゃるのですね。ひょっとして銀蔵さんですか」

「そうです」

「十五年前の話は銀蔵さんに聞かれてはまずいのではありませんか」

「いえ」

首を横に振り、

「今、下りてきます」

と、お豊は言った。

やがて、階段を下ってくる音がした。

「ひょっとして、銀蔵さんって……」

お蝶が呟くように言う。

「どういうことだ?」

「おまえさんに会いたがっていたのは銀蔵さんじゃないかと思って」

「どうして銀蔵さんが……。あっ、まさか」

長兵衛も唖然とした。

襖が開いて五十年配の男が顔を出した。眉間のいくつもの深い皺《しわ》に、悲しみと苦しみが宿っているかのように、暗い顔をしていた。

「金次郎さん」

長兵衛は目を疑った。

「若旦那、お久しぶりです」

金次郎はお豊の横に腰を下ろした。

「若旦那。こういうことだったんですよ」

お豊がため息混じりに言った。

「では、見つかった骨は？」

「鉄二という私の弟です」

「若旦那、聞いていただきましょう」

金次郎は改って口を開いた。

「こいつの弟だが、鉄二は半端者《はんぱもの》だった。働きもせずときたま小遣いをせびりにきていた。賭場で知り合った仲間といつもつるんでいたようです。その鉄二が十五年前の一月に『小金屋』に転がり込んできた。ひと月だけ住まわせてくれと。その間、仕事を見つけ、まっとうに暮らすように何度か説いたが、そのうち大きなことをして大金を手に入れると言って。ときたま夜に仲間がやってきて庭で話し込んでいました。ある夜、厠に立ったとき、庭の暗がりから話し声が聞こえてきて」

金次郎は息継ぎをし、

「岡っ引きに目をつけられた。これから江戸を離れるという言葉が聞こえてきました。半年したら戻ると。相手はふたりいたようです。おめえも気をつけろと言って裏口から出ていった。その翌日、千住で岡っ引きが殺されていたのが見つかった。その岡っ引きは四谷のほうを縄張りとしていた男です。千住宿でそのふたりを待ち伏せていたようです」

金次郎は厳しい顔をした。

「鉄二は動揺していました。それで、問い質しました。むろん、正直に答えるはずはない。出ていけと言うと、あと半年ここに居させてもらうと言い出した。あのふたりが帰ってくるのを待つためだとわかりました。出ていかないと、ふたりの男のことを奉行所に訴えると言うと、出ていかねえ、奉行所に訴えたら義兄《にい》さんも姉さんも道連れになるぜと、匕首《あいくち》を振りかざして威《おど》しました。その匕首を奪おうとして揉《も》み合いになって……」

「はずみで鉄二さんを殺してしまったんですね」

長兵衛は口をはさんだ。

「そうです。すぐ自身番に訴えようとしたが、鉄二とあのふたりが何をやらかしたのかが気になって躊躇《ちゅうちょ》した。それで、夜中に『幡随院』の戸を叩き、大旦那に相談しました」

「親父に?」

「そうです。大旦那は自身番に訴えたら、半年後に仲間が戻ったときに私たちに仕返しをするかもしれない。そんなことを考えて、鉄二の死体を隠すことに……」

「親父も手伝ったのですか」

「そうです。それに、いつか死体は見つかってしまう。そうすると、私に疑いがかかる。

だから、私がいつも首からかけているお守りを鉄二の首にかけて埋め、私は失踪したことにしたのです。鉄二を殺しておいて、普通の暮らしを続けられませんから。私は背格好が似ていましたから鉄二の振りをしてしばらく過ごし、それからどこかに引っ越すつもりでいました。そしたら、その翌日の夜に吉原から出火し、辺り一面、焼け野原に。そのおかげで、お豊が引っ越す理由も出来ましたが」

「そうでしたか」

「ただ、問題は半年後に仲間が戻ってきて、鉄二を探すことです。お豊の行き先を突き止められないように、誰にも行き先は告げませんでした」

「ここに越してきたのは？」

「ここも大旦那の計らいです。私は銀蔵と名乗り、お豊と暮らしてきたのです。いずれ見つかると思っていた鉄二の死体は十四年も発見されませんでした。鉄二の仲間も私たちの前に現われませんでした。ところが、大旦那から『幡随院』の庭に賊が忍び込んできたと聞きました。ひょっとしたら、鉄二の仲間ではないかと思ったのです」

「鉄二の仲間？」

「はい。半年後に戻った仲間は、鉄二が火事で焼け出され、どこかに移ったと考え、探し回ったはずです。しかし、見つからなかった」

金次郎は顔をしかめ、

「鉄二は殺されて『小金屋』の庭に埋められていると、仲間は考えたのではないかと思ったのです」

「賊は鉄二さんの死体を探すため?」

長兵衛は確かめる。

「ええ」

「しかし、何のために鉄二さんの死体を探さなければならないのでしょうか。十五年も経っています」

長兵衛が疑問を口にする。

「わかりません」

「十五年前、鉄二さんとふたりの仲間は何かをしているんですね。岡っ引きに追われていたのですから」

お蝶が口をはさんで、

「その連中が関わったと思われるような何か、事件はあったのですか」

と、きいた。

「いえ、それがわからないのです」

金次郎は首を横に振った。

「殺された岡っ引きが誰を追っていたのかわかっているのですか」

「大旦那が同心の旦那に訊《たず》ねたところ、元大工の久助《きゆうすけ》と錠前屋の八十吉《やそきち》という男だそうです」

「何をやったんですか」

「盗みらしい」

「盗み？」

「でも、どこでいくら盗まれたのかがはっきりしないそうです」

「はっきりしない？」

「ええ。殺された岡っ引きの子分が、親分は久助と八十吉のふたりを追っていたが、何の疑いかは知らないようだと言ってました」

「知らない？」

「ええ。盗みと言っても、江戸でたいした事件は起きていないので子分も不思議がっていたそうです」

「半年後に、久助と八十吉は江戸に戻ってきたのでしょうか」

「『小金屋』がなくなっていたら、『幡随院』に事情をききにくるはずだがと、大旦那は不思議がっていました」

金次郎も首を傾げる。

「鉄二さんには他に知り合いはいなかったんですか」

「火事の翌日、焼け跡に女が立っていたそうです。大旦那が声をかけると、鉄二の安否を確かめにきたと言っていたそうです」

「名前は？」

「きいたけど、女は答えなかったそうです」

金次郎は大きく息を吐き、

「これが私の知る限りの十五年前の事実です。久助と八十吉、そして鉄二の三人が何をしたのか。なぜ、久助と八十吉のふたりは江戸を離れ、鉄二だけが残ったのか、肝心なことはわからないままです」

金次郎は長兵衛とお蝶の顔を交互に見て、

「大旦那は私のために若旦那にも言わずにいたのです」

親父は鉄二の死体を隠すことに積極的に加担していた。だから、長兵衛の問いかけにも、おいそれと打ち明けることは出来なかったのだ。

「でも、金次郎さんが達者でよかった」

「いえ、鉄二を死なせてしまった苦しみは未《いま》だに消えません。あのとき、奉行所に訴え、ほんとうのことを話したほうがよかったのか……」

金次郎は苦悩を訴えた。

「でも、おかげで私は寂しい思いをせずにすみました」

それまで黙っていたお豊が口を開いた。

「もし、あのとき奉行所に訴えていたらうちのひとはよくて遠島でしょう。私はひとりぼっちになるところでした。こうして今日までふたりで過ごしてこられたのですから、私にとってはよかったと思っています」

「発見された骨は金次郎さんだと決めつけられています。もうこの世に金次郎さんはいないのです。同心も、これ以上調べるつもりはないようですから、今までどおり過ごされて何の問題もありません」

長兵衛はふたりを安心させるように言い、

「いずれにせよ、久助と八十吉、そして鉄二さんの三人が十五年前にしたことが、今になって蘇ってきたのかもしれません。そのことは私のほうが責任持って片づけます。金次郎さん、いえ銀蔵さんたちには関わりありません」

長兵衛はそう言ったあとで、

「それより、鉄二さんの亡骸をどうなさるので？　表向きは金次郎さんということになっていますが」

「私は銀蔵と再婚したことになっていますので、引き取ることを遠慮いたします。私が名乗り出て同心の旦那に調べられたらまずいことになりかねませんので」

お豊が続ける。

「弟は不憫《ふびん》だと思いますが、自業自得でもありますから」

「わかりました。おかみさんがそれでよければ」

「はい」

お豊は厳しい顔で頷いた。

「これですっきりしました」

長兵衛は正直に口にした。

「若旦那にお会い出来てよかった。お蝶さんともお会い出来て。大旦那がいつもお蝶さんの自慢をしていたので、ぜひお目にかかりたいと思っていたのです」

金次郎は口元を綻ばせた。

「親父はそんなことを言ってましたか」

長兵衛はお蝶を横目で見て照れたように笑った。

その後、昼飯を馳走《ちそう》になり、長兵衛とお蝶は金次郎の家を出た。

芝増上寺の伽藍《がらん》の屋根を目に入れながら、

「金次郎さんが生きていることによく気づいたな」

長兵衛は感心した。

「私にも会いたいというのは、おまえさんのことをよほど可愛がっていたお方の台詞《せりふ》だと思ったんですよ。だったら、金次郎さんしかいないと」

「ほんとうにそうだった。それにしても、親父も手を貸していたとはな」

長兵衛は呆れたように、

「それじゃ河下さまに問われてもとぼけるはずだ」

「でも、これで解決したわけじゃない。鉄二とふたりの仲間は何をやったのかしら。賊がうちの庭に何度も忍び込んだのは、何かを探していたからかしら。金次郎さんが言うように、鉄二が埋められていると疑っているのかしら」

「鉄二の死体を調べようとするのは久助と八十吉しか考えられない。なぜ、ふたりは十五年も放っておいたのか」

今さら、鉄二の死体を調べる意味があるとは思えない。

「鉄二は何かを持っていたんじゃないかしら。それを探そうとしたのでは？」

「そうだとしても、なぜ十五年経った今なんだ」

長兵衛は考えがまだ深まらない。

増上寺の脇を通り、ふたりは浜松町に向かった。


四半刻（三十分）余り後、長兵衛とお蝶は源三の家に着いた。

源三の寝ている部屋に入ると、源三はおかみさんの手を借りて体を起こした。

「起きて辛くはありませんか」

長兵衛は気遣った。

「だいじょうぶです」

やつれた顔に笑みを浮かべ、

「若旦那。よく来てくれました。お蝶さんですね」

源三はお蝶に顔を向けた。

「はい。お蝶でございます」

「一度、お会いしたいと思っておりました。大旦那がいつも自慢しているので」

ここでもお蝶の自慢かと、長兵衛は苦笑した。

「義父《ちち》はどんなことを話しておりましたか。男勝りの女だとこぼしていたのではありませんか」

お蝶は真顔できいた。

「いや、美人で才覚に溢《あふ》れ、度胸もある。長兵衛を日本一の男にしてくれるに違いないと喜んでおりました。こうしてお目にかかって、大旦那の言葉が嘘ではないと改めて思いました」

顔を綻ばせ、

「若旦那。よい嫁御《よめご》に恵まれ、ほんとうによございました」

「ああ」

「長兵衛さんをこのような立派な男に育ててくださった源三さんにお目にかかれて、私もとてもうれしいです」

「そう仰っていただけるのはありがたいことです」

源三は涙ぐんだ。

「源さん。俺は源さんには感謝しているんだ。元気になって、また俺にいろんなことを教えてくれ」

「なに、もう教えることは何もありませんよ。若旦那の思うとおりにやりなさることだ。迷ったら、お蝶さんに相談しなされ。それに、今の番頭の吉五郎。あれは信頼出来る男です。ときには、吉五郎の力を借りるといい」

長兵衛は胸が詰まった。源三の言葉が遺言のように聞こえたのだ。

これが源三との最後になるかもしれないと思うと、長兵衛は胸の底から込み上げてくるものがあった。

四

翌日、長兵衛は人形町の『小染』に行った。供に連れてきた弥八を庭先で待たせ、縁側から上がり、部屋の中で親父と向き合って、

「昨日、金次郎さんに会いました」

と、切り出した。

「そういうことだ」

親父は目を細めた。

「うちに忍び込んだ賊はお豊さんの弟の鉄二の仲間に繋《つな》がる者という考えも出来ます。背後に、久助と八十吉がいるのではないかと」

長兵衛はそこまで言ってすぐに、

「とは言うものの、十五年も音沙汰のなかった久助と八十吉がなぜ今になってそのような真似をするのかがわかりません。金次郎さんの話では、久助と八十吉は半年後に戻ると鉄二に伝えたそうではありませんか」

「そうだ」

「でも、半年経っても、ふたりは戻ってこなかったのですね。戻ってきたら、『幡随院』に『小金屋』の移転先を訊ねにくるでしょうね」

「そうだ。俺はあのふたりは江戸に戻ってこられなかったのではないかと思っている」

「なぜ、戻ってこられなかったのでしょうか」

「わからん」

「そもそも、久助たちは何をしたのでしょうか。盗みを働いたということですが、それもはっきりしていなかったそうですね」

「そうだ。どこで、いくら盗んだのか、はっきりしなかった」

「どうしてでしょうか」

長兵衛は自分自身に問いかけるように言う。

「盗みではなかったのでしょうか」

「いや、盗み以外は考えにくいが」

「もしかしたら盗んだのは金でなく物では？」

「物？　金目の物という意味か」

「いえ、誰かの秘密を暴く物です。脅迫のネタになるような物です。それを鉄二が『小金屋』の庭に隠したとは考えられませんか」

「脅迫か」

「脅迫のネタを盗んだものの追手に素姓がばれて、逃げる途中に久助と八十吉はその品物を鉄二に預けて江戸を離れた。つまり、鉄二はその品物を半年間預かることになった。屋内に置いておくと、金次郎たちに見つかるかもしれないので庭に隠した……」

「しかし、十五年経ったら、その品物に脅迫の価値はなくなってしまうのではないか」

親父は異を唱える。

「そうですね」

「それに、賊が久助たちに関わりがあるという証はないのだ。ひょっとしたら、まったく無関係かもしれない。いや、そう考えたほうが自然ではないか。たまたま、骨が誰のものかわかったのと賊の侵入の時期が重なったので関連づけてしまったが、もともとは別物だったんじゃないか？」

「………」

そう言われると、長兵衛に返す言葉はない。

「その後、賊は現われていないのだろう？」

「ええ。何事もありません」

「だったら、別物と考えるべきかもしれぬ」

確かに、小普請組多々良平造の中間、国松が浪人を使って襲ってきた件も、久助たちとの結びつきは感じられない。

だが、ほんとうにそうなのか。こうなれば国松を捕まえて問いつめてみるしかないと考えた。

挨拶をして、長兵衛は縁側に出た。

「昨日、源さんに会いに行ったのですが、衰弱が進んでいるように思えます」

「うむ。明日にでも顔を出してみる」

「では」

長兵衛は弥八とともに外に出た。

「やはり、弥八の言うように、中間の国松を問いつめてみよう」

「わかりました」

弥八は張り切って応じた。

人形町から浜町堀を越え、両国広小路から両国橋を渡った。

回向院《えこういん》の脇を通って、亀沢町に差しかかる。しばらくして、口入れ屋の『多幸屋』の看板が見えてきた。

「国松は『多幸屋』の世話だったな」

長兵衛はきいた。

「そうです。どうしますか、寄りますか」

「あとでいい」

長兵衛は多々良平造の屋敷に急いだ。

南割下水の武家地に入り、多々良平造の屋敷の前にやってきた。

中間ふうの男が出てきたので、弥八が呼び止めた。

「もし」

「なんだね」

「国松っていうひとに会いたいんですが、呼んでもらえませんか」

「そんな男、知らないな」

男はとぼけた。

「知らない？　そんなはずありませんぜ。つい最近までここにいたのを見ているんですから」

「俺は今日からだ。俺の前にいた中間かもしれねえな」

「今日から？」

「そうだ」

「どこの世話だね」

長兵衛はきいた。

「口入れ屋ですかえ。『多幸屋』です。これから旦那さまのお供なんだ。邪魔しないでもらいたいな」

そのとき、冠木門から壮年の武士が出てきた。

「どうした、何を騒いでおる？」

武士が中間に声をかけた。目尻がつり上がって、冷たそうな感じがした。

「多々良さまでございますか」

「そなたは？」

「花川戸の幡随院長兵衛にございます」

「幡随院……」

微かに顔色が変わった。

「わしに何か用か」

「国松という中間に会いたいのですが」

「国松はやめた」

「やめた？　どうしてでございますか」

「不始末があったのでな。もうよいか」

「多々良さま。ひょっとして不始末というのは、命じたことに失敗したってことですか」

「………」

多々良平造は顔をしかめる。

「国松は浪人を使ってあっしを襲わせたのです。それは多々良さまのご命令ではありませんか」

長兵衛は手応えを見ようとあえて強引に口にした。

「無礼な。いい加減なことを言いおって」

「国松を逃がしたのですね」

「無礼な、長兵衛、許さんぞ」

「ここで町人とやりあってもいいんですかえ。やるなら、お相手いたしますぜ。国松からあっしの腕のことをどう聞いているかわかりませんが」

多々良平造は顔を歪めた。

「国松は今どこにいるかご存じですか」

「知らぬ」

騒ぎを聞き、近隣の屋敷の門から顔を出す者がいた。

多々良平造はあわてて、

「出かけなければならぬのだ。邪魔するな」

と言い、さっさと歩み去った。

「多々良平造が国松に命じたのに違いない。だが、多々良平造も使われているだけだ。あのようにすぐにかっかするようではたいしたことはない。だが、誰に頼まれたかは言うまい」

長兵衛は吐き捨て、亀沢町の『多幸屋』に向かった。

帳場格子に座っていた番頭ふうの男が驚いたように立ち上がった。

「これは『幡随院』の……」

「ちょっとききたいことがあるんだが」

「今、旦那を呼んでまいります」

　そう言い、奥に向かう。

　すぐにずんぐりした四十年配の男が出てきた。

「多幸屋さん。長兵衛にございます」

　長兵衛は挨拶をする。

「久しぶりじゃないか。どうした?」

　多幸屋がきく。

「こちらで小普請の多々良平造さまのお屋敷に世話をした国松という男のことで教えていただきたいことがありまして」

「国松?」

「先日、多々良さまの奉公をやめさせられたそうですが」

　多幸屋は番頭に顔を向け、

「国松という男を覚えているか」

「はい。多々良さまに世話をしたのは二年前です」

　番頭は答える。

「二年前? 最近、やめさせられたということですが?」

　長兵衛はきいた。

「いえ、二年前に半年の約束で世話をしました。その後のことは知りません。もしかしたら。ずっと奉公をしていたのかもしれません」

番頭は答える。

「国松の請人を教えてもらえませんか」

「国松が何かしたのか」

多幸屋がきいた。

「先日、浪人を使って私を襲ったのです」

「………」

多幸屋は目を見開いた。

「国松はおそらく誰かに命じられたのかと思います。それが誰かを知りたいのです」

番頭は台帳をめくっていたが、

「国松の請人は横網町《よこあみちよう》の仙右衛門店《せんえもんだな》の昌五郎《まさごろう》です」

と、顔を上げて言った。

「わかった」

長兵衛は礼を言い、

「多幸屋さん。お邪魔しました」

と言い、戸口に向かいかけた。

「長兵衛さん」

多幸屋が呼び止めた。

「お城の修繕のことで妙な噂を聞いたんだが？」

「噂ですかえ」

「修繕を請け負うのは『川辰屋』に決まっている。だから、今から『川辰屋』詣でをしておかないと、いざというとき『川辰屋』から仕事がまわってこないと」

「そんな噂が出回っているのですか」

長兵衛は苦い顔できき返す。

「そうだ。『川辰屋』が中心になって人足を集めるとなると、『川辰屋』に媚《こび》を売っておかないと仕事をまわしてもらえないというんだ」

多幸屋は顔をしかめ、

「それがほんとうなら、長兵衛さんのところはすでに『川辰屋』に挨拶……」

「そんな真似はしません。噂に惑わされずに正々堂々と入札に加わるつもりです」

「入札に参加したところには仕事をまわさないそうだ。だから、入札を下りたっていう話を聞く」

「そんな不正が罷《まか》り通っていいってことはありません」

「しかし、『川辰屋』と普請奉行の関係を考えると、修繕を請け負うのは『川辰屋』に決まったようなものだ」

「まだ、そうなったわけではないので」

長兵衛はそう言い捨てて、『多幸屋』を引き上げた。

横網町の仙右衛門店にやってきた。長屋木戸の脇に、鼻緒屋があり、そこが家主の昌五郎の家だった。

店先に立つと、店番の中年の女が声をかけた。

「いらっしゃいまし」

「すまない。客ではないんです。昌五郎さんにお会いしたいんだが」

「あなたさまは?」

「花川戸の幡随院長兵衛と申します」

「少々、お待ちを」

女は奥に入っていった。

すぐ、鬢に白いものが目立つ四角い顔の男が現われた。

「昌五郎さんですね」

長兵衛は確かめる。

「そうですが」

「二年前、小普請組の多々良平造どのの屋敷に奉公した国松の請人になっておられましたね」

「国松？　ああ、思い出した。そうだ」

「国松は多々良平造どのの屋敷をやめさせられたそうなんです。そのことをご存じでいらっしゃいますか」

「いや、知りません。私が請人になったのは半年間の奉公の間だけです。今さら、国松が何かしでかしたとしても、私には責任はありませんよ」

先に、昌五郎は言い逃れをした。

「国松は何かしでかすかもしれないような男だったのですか」

「いや、そうではない。おまえさんが国松のことでわざわざ訪ねてきたから、そう思っただけだ」

「国松はどのような男だったのですか」

「うちの長屋の店子の男を頼って、二年前に上総《かずさ》から江戸に出てきた。しばらく、その男の部屋に居候していました。『多幸屋』の世話で多々良平造さまのお屋敷に奉公することになったので私に請人になって欲しいと頼んできたんですよ」

「その店子の男というのは？」

「棒手振《ぼてふ》りの定吉《さだきち》です」

「定吉さんは今もこの長屋に？」

「おります。まだ、仕事から戻ってはいないでしょう」

「国松がどこにいるのかわかりませんか」

「わかりません。でも、定吉は知っているんじゃないかな」

「そうですか。わかりました。また、夕方来ることにします」

定吉の住まいの場所を聞いて、長兵衛は昌五郎の家を辞去した。

陽が落ちると、肌寒くなった。長兵衛は再び仙右衛門店にやってきた。

長屋木戸を入り、一番奥の定吉の部屋の前に立った。腰高障子の向こうで物音がした。

「帰っているようですね」

弥八が言い、

「ごめんください」

と、声をかけながら戸を開けた。

男が上がり框《がまち》に腰を下ろして、足を濯《すす》いでいた。三十歳ぐらいだ。

「ちょっと待ってくれ。今、帰ったばかりなんだ」

男は言い、足を拭いて、桶《おけ》の水を流しにこぼした。

それから、部屋に上がった。

「定吉さんですかえ」

弥八が確かめる。

「そうだが」

天秤棒《てんびんぼう》を担いで毎日歩き回っているからか、肩が盛り上がっている。

「じつは国松さんを探しているんです。今日、多々良さまのお屋敷に行ったら、奉公をやめさせられたと聞いたんで」

「国松に何の用だえ」

定吉は、弥八の背後にいる長兵衛を気にした。

「少し、お訊ねしたいことがありましてね」

「どんなことだ？」

定吉は警戒しているようだ。

長兵衛が前に出た。

「花川戸の幡随院長兵衛と申します」

「えっ、『幡随院』の親分さんで」

定吉は顔色を変えた。

「知っているのか」

「へえ、町を流していれば、『幡随院』の親分さんの話はよく耳にします。何か困ったことがあれば、親分さんに相談に行くのだと」

定吉は言い、

「国松が何かしましたか」

と、きいた。

「その前に、国松とはどういう関係なんだね」

「同郷です。上総の木更津《きさらづ》です。俺を頼って江戸に出てきたんです」

「なるほど」

長兵衛は頷き、

「多々良平造どののことで、国松に教えてもらいたいことがあるんだが」

と、改めてきいた。

「じつは一昨日、ここにやってきて多々良さまの屋敷を出ることになったと言い、すぐ出ていってしまいました」

「なぜ、やめたのかは？」

「いえ、言ってませんでした」

「今、どこにいるのか知らないか」

「これからどうするんだときいたんですが、わからないと」

「わからない？」

「へえ、ほんとうに途方に暮れている感じでした。それに何か、おどおどしているようでした」

「おどおど？」

「誰かに追われているような」

「国松はどんな男だ？」

「単純な男です」

「じつは、国松は浪人を三人雇って俺を襲ったのだ」

「えっ、まさか」

「ほんとうだ。だが、それで国松に仕返しをしようと言うのではない。国松は誰かに頼まれたのだ。それが多々良平造か、それとも別な者かを聞き出したかったのだ」

「そうでしたか」

定吉は少し考えていたが、ふと顔を向けた。

「正直に申します。あっしは国松の居場所を知っています。でも、今教えたら、黙っていてくれと頼んだ国松との約束を破ってしまうことになります」

定吉は真剣な眼差《まなざ》しで、

「親分。あっしが国松に会って、今のことを確かめてきます。それでお許し願えませんか」

「定吉さん。おまえさんが作り話を親分に告げないとも限らない」

弥八が口をはさんだ。

「いえ、嘘はつきません」

定吉は長兵衛の顔をしっかり見て言った。

「わかった。そうしてもらおう」

長兵衛は鷹揚《おうよう》に言う。

「ありがとうございます。二、三日したら必ずお伺いいたします」

定吉は頭を下げた。

長兵衛と弥八は長屋をあとにした。

「定吉のあとをつけましょうか」

弥八がきく。

「いや、いい」

「でも」

「信じて待つのだ」

そう言い、長兵衛はすっかり闇に包まれた両国橋を渡った。

五

ふつか後の午後、『幡随院』に長兵衛を訪ねて客があった。吉五郎が居間にいる長兵衛に知らせにきた。

「若旦那、『初音屋《はつねや》』さんがお見えです」

「初音屋さん？　深川のか」

「そうです」

「珍しいな。客間に通してくれ」

「へい」

長兵衛は長火鉢の前に腰を下ろし、煙管を持ったまま考え込んだ。『初音屋』は佐賀《さが》町《ちょう》にある人足手配の店である。

同業者が訪ねてくることはたまにあるが、『初音屋』とは行き来するまでの仲ではなかった。寄合で顔を合わせるくらいだ。近くにやってきたから顔を出したという間柄ではないので訝《いぶか》った。

長兵衛はようやく立ち上がって客間に行くと、『初音屋』の主人の今太郎《いまたろう》が茶を飲んで待っていた。三十半ばで厳《いか》めしい顔をしている。

「突然、押しかけてすまなかった」

今太郎が煙草盆に煙管の雁首を叩いて灰を落とした。

「はじめて『幡随院』を訪ねたが、奉公人の作法も行き届いていて申し分ねえ。さすが、幡随院長兵衛だ」

今太郎は真顔で言う。

「恐れ入ります」

長兵衛は頭を下げて、

「『初音屋』さんがお出でと聞いてびっくりしました。何かありましたかえ」

と、相手の顔色を窺《うかが》った。

「うむ」

今太郎は厳しい顔で、

「じつはここひと月で、人足が五人もやめていったんだ」

「五人もやめていった?」

長兵衛は耳を疑った。

「そうだ。それも比較的長くいた人足だ。待遇が悪いわけじゃねえ」

今太郎は厳しい顔のまま、きいた。

「おめえさんのところはどうだえ」

「やめていった者ですかえ。いえ、うちはいません」

そう言ったあとで、常吉がいなくなったことを思い出した。だが、常吉はある狙いがあって入り込んできた男だ。

「そうか。いないか。だが、気をつけな。そのうち、出てくるかもしれねえ」

今太郎は顔を歪めた。

「何があったんですかえ」

長兵衛は身を乗りだした。

「じつは、うちの番頭がやめていった人足のひとりを木挽町《こびきちょう》で偶然に見つけ、こっそりあとをつけたんだ、そしたら、『川辰屋』に入っていったという」

「『川辰屋』に？」

「それで、しばらく『川辰屋』の前で見張っていたら他の四人も出入りをしていたそうだ。『川辰屋』が引っこ抜いたんだ」

今太郎は顔を歪めた。

「それで、他の店にもきいてみた。やはり、そこもやめた人足がいた。あとで、『川辰屋』にいたと教えてくれた」

「『川辰屋』が……」

長兵衛は唖然とした。

「『川辰屋』は人足を集めているんだ。おそらく、お城の修繕と神田川の護岸の普請に向けてだ。入札がこれからだというのに、『川辰屋』は請け負った気でその準備にとりかかっている。どうしてだと思う？」

今太郎は険しい顔をした。

「『川辰屋』は自分のところが請け負う自信があるようですね」

長兵衛は苦々しい思いで言う。

「『川辰屋』はずいぶん普請奉行に食い込んでいるようだ。賄賂を贈っている」

今太郎は憤然と言う。

「今度の入札は形だけで、すでに『川辰屋』に決まっているのかもしれません」

長兵衛は吐き捨てる。

「汚ねえ。許せねえ」

今太郎は呻くように言い、

「長兵衛、なんとかならないのか」

と、訴えるように言う。

「そうですね……」

長兵衛は困惑する。

「このままじゃ、俺たちは『川辰屋』の顔色を窺わなければ仕事がまわってこないなんてことになりかねない。それでいいのか」

今太郎は激しく迫り、

「『川辰屋』と普請奉行の不正を奉行所に訴えることは出来ねえか」

と、長兵衛に縋るようにきいた。

「証です。『川辰屋』が普請奉行に賄賂を渡したという証があれば……」

「証があればなんとかなるか」

「ええ。入札で『川辰屋』が請け負うことに決まったら、証を突き付けて入札のやり直しを訴えましょう」

「よし。ともかく、証を探す」

今太郎は強い口調で言う。

「でも、探すって言ったって、どうやって探すんですかえ」

長兵衛はきいた。

「深川の政《まさ》という岡っ引きと懇意にしている。この男に調べさせる。何かわかったら、また来る」

そう言い、今太郎は立ち上がった。

土間まで見送ったあと、吉五郎が近寄ってきた。

「『初音屋』の旦那の用件ってなんだったんですね」

「『初音屋』の人足が五人、『川辰屋』に引き抜かれたそうだ」

「引き抜き？」

吉五郎は一瞬目を剝《む》いたが、

「『川辰屋』がそんな真似をしますかね」

と、すぐ冷静に戻って言う。

「他でも引き抜きがあったそうだ」

「…………」

「おそらく、『川辰屋』は今度の普請の一切を自分のところでやろうとしているのかもしれない」

「でも、それがほんとうなら『川辰屋』は仲間うちからも責められ、今後の商売にも響くんじゃありませんか」

「いや、今後、公儀の普請の一切を『川辰屋』が請け負い、そこから下請けのように他の店に仕事をまわすようになる。普請の仕事にありつくためには『川辰屋』の機嫌をとらねばならなくなるだろう。『初音屋』さんもそのことを気にしていたんだ」

「冗談じゃありませんぜ」

吉五郎も憤然とした。

「『初音屋』さんは『川辰屋』と普請奉行の癒着の証を摑んでくるから、俺になんとかしてくれと言ってきたんだ」

「こういうときだけ、若旦那に頭を下げにくる。『初音屋』さんの性根も感心しませんがね」

吉五郎は侮蔑するように言う。

「まあ、そう言うな。『初音屋』さんにしたら五人も引っこ抜かれたら死活問題だ。うちも気をつけたほうがいい。『川辰屋』から誘いを受けた者がいないか、調べてくれ」

「わかりました」

吉五郎は頭を下げた。

長兵衛が居間に引き上げようとしたとき、通りを見ていた弥八が声を上げた。

「親分。定吉です」

「なに？」

長兵衛が戸口まで行き、外に目をやると、定吉が走ってくるのが見えた。

やがて、定吉が店の前にやってきた。

「定吉さん」

長兵衛は声をかけた。

「長兵衛親分。国松に会ってきました」

肩で息をしながら言う。

「中に入りなさい」

「いや。だいじょうぶです。親分の話をしたら、やはり多々良平造さまに命じられたそうです。国松は主人の命令を断りきれず、親分のあとをつけたそうです」

定吉は続ける。

「三人の浪人は本所界隈《かいわい》の暴れ者で、かなり剣の腕が立つということで雇ったそうです。もちろん金は多々良さまからです。ただ、国松が言うには、あの三人が親分を斃せるとは思っていなかったそうです」

「どういうことですか」

「あの襲撃は多々良さまが長兵衛親分の腕を試すためのものだったと」

「腕を試す?」

あっと、長兵衛は声を上げた。

「では、襲撃場所の近くに多々良平造どのもいたのか」

「はい。近くの神社の鳥居の陰から成り行きを見ていたそうです」

「ということは、多々良どのは弥八が国松のあとをつけていったのを見ていたのか」

長兵衛が言うと、弥八もえっと唸《うな》った。

「そうです。国松はあとで多々良さまに責められたそうです。それで、奉公をやめることになったということです」

「なぜ、多々良どのは俺を狙ったのか、そのわけを国松は知らないのか」

「それは知らされていなかったということですが、たぶん親分を斃すことで御番《ごばん》入りが叶うのではないかと」

「つまり、上役からそう言われたということか。それにしても、なぜだ」

長兵衛は首を傾げる。

「国松は後悔しています。どうか、お許しを」

「いや、よく話してくれたと礼を言っておいてくれ」

「はい、ありがとうございます。それともうひとつ」

定吉は哀願するように言う。

「心配するな、多々良どのに国松から聞いたとは言わない。国松に安心するように伝えてくれ」

「はい」

定吉は引き上げていった。

多々良平造の上役とは誰か。小普請組の組頭《くみがしら》か、あるいは小普請組に編入される前のときの上役か。あるいは十五年前の……。しかし、三十六歳の多々良平造は十五年前は二十一歳だ。何かに関わっているとは思えない。

「弥八、多々良平造の前のお役目は調べがつかなかったんだな」

長兵衛はきいた。

「へい、すみません。近くのお屋敷できいても誰も知りませんでした」

「いや、知っていても赤の他人に教えたりしまい。何か方法を考えよう」

長兵衛はやはり、多々良平造にきくのが一番いいかもしれないと思った。一度会っていることでもあり、国松のことを出さずとも問いつめることは出来る。ほんとうのことは答えないだろうが、表情から何かが読み取れるかもしれない。

お蝶は縁側で近所のおかみさんの相談に乗ってやっている。

長兵衛は奥の部屋に行き、長脇差を腰に差して、土間に戻った。

「若旦那、お出かけですか」

吉五郎が近寄ってきた。

「すぐ帰る」

「お供します」

弥八がついてきた。

長兵衛は黙って通りに出た。

吾妻橋を渡ると、弥八が、きいた。

「多々良平造に会いに行くんですかえ」

「そうだ。この前、だいぶかっかしていた。今度は本性を現わすかもしれない」

「へえ」

弥八は厳しい顔でついてきた。

多々良平造の屋敷に着いた。

長兵衛が門を入ると、先日の中間が出てきた。

「幡随院長兵衛です。多々良さまにお取り次ぎ願いたい」

内玄関から御新造《ごしんぞ》らしい三十過ぎと思える女が女中とともに出てきた。中間は御新造に駆け寄り、何事か囁《ささや》く。

御新造が近づいてきた。上品な姿だった。

「幡随院長兵衛どのでいらっしゃいますか。して、どのような御用でございましょうか。きょうは旦那さまは組頭さまのところに出かけておりますので、私が用件を承っておきましょう」

「御新造さまですか」

「はい」

「お出かけでしたら、改めて出直します」

そう答えたあとで、長兵衛は念のためにきいてみた。

「多々良さまは小普請組の前は、どのようなお役に就いておられたのでしょうか」

「なぜ、そのようなことを？」

御新造は不思議そうにきく。

「深い意味はありません。ただ、多々良さまのようなお方がどうして小普請組に甘んじているのかが気になりましてね」

「そなたには関係ないこと」

「さようではございますが、もし差し支えなければ教えていただけたらと思います」

「改めてお越しください」

御新造は答えようとはせずに引き上げるように言った。

「わかりました」

長兵衛は門を出た。

御新造の姿を思い浮かべながら、多々良平造は早く小普請組から脱け出したいのだろうと、勝手に想像した。

第三章

偽りの訴え

一

朝からどんよりとしていて、今にも降り出しそうな雨模様の中、『幡随院』にひとりの武士がやってきた。

人足や中間の依頼かと思ったが、そうではなかったと吉五郎は言い、

「旗本相本伊賀之助《あいもといがのすけ》さまの使いだそうです」

と、続けた。

「相本伊賀之助？　ひょっとして、普請奉行の相本さまか」

長兵衛は半信半疑できいた。

「そうです。客間にお通ししようとしたのですが、言伝《ことづ》てを持ってきただけなのでと土間でお待ちです」

「わかった」

長兵衛は吉五郎といっしょに店に出た。

土間に、若い武士が立っていた。

　長兵衛は上がり框に腰を下ろし、相本伊賀之助の使者と向かい合った。

「幡随院長兵衛にございます」

「拙者、普請奉行相本伊賀之助の家来、横江作之進《よこえさくのしん》にござる。殿が幡随院長兵衛どのにぜひお目にかかりたいと申しております。ご都合はいかがでございましょうか」

　若い武士ははきはきしていた。

「承りました。お屋敷にお伺いすればよろしいのでしょうか」

　普請奉行の招きを意外に思いながら、長兵衛は応じた。

「いえ、今宵《こよい》暮六つ（午後六時）に神田明神境内にある『はしもと』という料理屋にお出で願いたいとのことでございます」

　なぜ、料理屋なのか、訝ったが、

「『はしもと』ですね。承りました」

　と、長兵衛は承知した。

「お店で名乗ってくだされればよいとのことです」

　そう言い、若い武士は引き上げた。

「普請奉行が何でしょうか」

　吉五郎が眉根を寄せた。

「わからぬが、今度の入札に加わるなという威しかもしれねえな」

長兵衛はそういうことも十分にあり得ると思った。普請奉行は人足手配の一切を『川辰屋』に任せたいのだろう。

「あり得ますね。普請奉行は『川辰屋』が第一でしょうから。ということは当然、その見返りがあるはずですね」

「うむ。ようするに『川辰屋』の下で働けということだ」

それにしても普請奉行が長兵衛に声をかけてきたのはなぜかと考える。

「まあ、会う前からあれこれ考えても仕方ない」

「そうですね」

吉五郎は応え、

「それより、今夜はあっしがお供します」

と、厳しい顔で言う。

「何か魂胆があると思うのか」

「へえ。罠かもしれません」

「罠とはなんだ？」

「はっきりとはわかりませんが」

「まあいい。ついてきてもらおう」

「へい」

長兵衛は居間に戻った。

「なんでしたか」

お蝶がきいた。

「普請奉行が俺に会いたいそうだ」

お蝶が表情を曇らせた。

「普請奉行さまが？」

「なにかしら」

「入札をやめろということかもしれねえ」

吉五郎に言ったことをもう一度口にした。

「そんなことで呼び出すかしらね」

お蝶は首を傾げる。

「それでは何だと思う？」

「わからないわ」

煙管を取りだし刻みを詰め火をつける。

「『川辰屋』との関係をきき出すいい機会だ」

長兵衛は煙を吐きながら思わず呟いた。

その夜、暮六つ（午後六時）の少し前に、長兵衛は神田明神境内にある料理屋『はしもと』の門を入った。

土間に入り、迎えた女将《おかみ》と思われる女に、名乗った。

「幡随院長兵衛と申します」

「はい、承っております」

そう言い、女将は上がるように勧めた。

吉五郎は、

「女将さん、あっしは供ですので、どこか控えの間でもあればありがたいのですが」

と、頼んだ。

「帳場の奥に、お待ちになる部屋を用意してございます」

「それはありがたい。では、親分。あっしはそこでお待ちしております」

「わかった」

長兵衛は長脇差を吉五郎に渡した。

「では、こちらへ」

女中に吉五郎のことを任せ、女将は長兵衛を案内した。

渡り廊下から離れの部屋に向かう。池の傍《そば》の石灯籠に明かりが入り、幽玄な雰囲気を醸しだしていた。

「もうお見えですか」

長兵衛は前を行く女将にきいた。

「はい」

「おひとりで？」

聞こえなかったのか、女将から返事がなかった。

ひとの視線を感じた。どこかから誰かが見つめているようだ。相本伊賀之助の家来かもしれない。

奥の部屋の前で女将が振り返った。女将は立ったまま黙って襖を開けた。次の間に入り、襖の前で女将は膝をついた。

「失礼いたします」

女将が襖を開け、長兵衛を中に入れた。

床の間の前に、四十絡みの武士が酒を呑んでいた。薄い眉毛の下に刃《やいば》のように細く鋭い目。鷲鼻《わしばな》に妙に赤い唇。まさしく普請奉行の相本伊賀之助だ。供の者が控えていた。言伝てを持ってきた横江作之進だ。

「幡随院長兵衛、よう来た。そこへ」

伊賀之助が笑みを湛えて言う。

「失礼します」

長兵衛はすでに膳が用意されていた席に向かった。

腰を下ろして、長兵衛は切り出す。

「さっそくですが、ご用件のほどを」

「あわてるな。まず、一献」

伊賀之助が襖の近くに控えていた女将に目をやる。女将はすぐに近づき、腰を落として銚子《ちようし》を取り上げた。

「さあ、おひとつ」

長兵衛も盃《さかずき》を摑み、差し出す。

なみなみと注がれた酒をいっきに呑み干す。

「もう、おひとつ」

女将の酌を受けてから、

「あとは自分でやりますので」

と言い、今度もいっきに盃を空けた。

「おぬしが『幡随院』を継いだのはいつだ？」

伊賀之助がきく。

「一年半ほど前になります」

「おぬしで何代目だ？」

「九代目です」

「先代の長兵衛とは何度か会ったことがある。やはり、似ているな」

「お奉行さま。何か私にお話があるとのことですが」

長兵衛は用件を促す。

「もっとくつろいでからと思ったが……」

伊賀之助は苦笑し、

「女将、外してくれぬか」

「はい」

女将は座敷を出ていった。

若い武士が立ち上がり、襖の傍に腰を下ろした。立ち聞きを警戒しているのか。

「では、言おう」

伊賀之助は切り出した。

「すでに承知のことと思うが、このたび、お城の城壁修繕、神田川の補修、千住から橋場にかけての大川の堤防の造成などをいっきに行うことになった。かなり大掛かりな普請になろう」

「はい」

「これだけの大普請となれば、使用する丸太や人足の数もかなりのものになる。掛かりも莫大《ばくだい》だ」

「…………」

伊賀之助が何を言いだすのか、長兵衛は口をはさまず黙って聞いている。

「ひとつの材木問屋だけですべての材木を調達するのは無理だ。それは人足にも言える。何カ所からも人足を集めねばなるまい」

伊賀之助はじろりと長兵衛を見て、

「ただ、人足を束ねるには主の店を決めて、その下で人足をまとめることになる。主の店をひとつ決めるにあたり、入札を行うことにした。つまり、入札で勝った店が世話役として……」

それが『川辰屋』ではありませんかと思わず口に出かかったが、長兵衛は喉元で抑えた。

「江戸の口入れ屋の中で、仕事の丁寧さ、正確さなど『幡随院』が一番だという評判だ。『幡随院』に任せれば間違いないと。それだけの信用がある」

「恐れ入ります。その点につきましては、私どもは自負しております」

長兵衛は堂々と口にした。

「うむ。そこでだ。今度の普請で、人足絡みのほうの世話役を『幡随院』に任せたいと思っている」

「あっしに？」

長兵衛は耳を疑った。

「うむ」

「しかし、入札によるものと……」

「建前はな。だが、そのことはどうにでもなる」

「入札は関係ないと」

「そうだ。形だけだ」

長兵衛は啞然とした。

「長兵衛。このたびの普請で世話役になればかなりの儲《もう》けが期待出来よう」

「しかし、入札前に業者が決まってしまうのは承服出来ません。たとえ、『幡随院』に決まることであっても公平でなければ……」

「長兵衛」

伊賀之助は口調を変え、

「これからが本題だ」

と、厳しい顔になった。

「世話役になったらかなりの儲けになるといっても、高が知れている。そこでだ、おぬしには人足の数を水増しして見積もってもらいたいのだ」

「水増し？」

長兵衛は思わず声を高めた。

「そうだ。実際にかかる倍ぐらいの人足が要ると見積もるのだ。その分の浮いた金は何人かで分ける。おぬしの信用があれば水増ししても怪しまれぬ」

「ばかな」

長兵衛は露骨に顔をしかめ、

「そんなことはいたしかねます」

と、はっきり言った。

「長兵衛、よく考えろ。ただ、人数を増やすだけでいいのだ。他の労力は何も要らない。楽して大金が懐に入ってくるのだ」

伊賀之助は平然と言う。

「お奉行さま、それは法に背くことではありませんか」

長兵衛は諭すように言う。

「こんなことはどこでもやっていることだ」

伊賀之助は鼻で笑う。

「それではまじめにやっている者がばかを見ることになります」

長兵衛は反発する。

「世の中はそういうものだ。要領のよいものが勝つのだ」

伊賀之助は、

「材木問屋と結託して杭《くい》の数を減らして儲けようとも考えたが、そのために後に河川が氾濫したら大事だ。その点、人足の水増しなら普請の欠陥は生じない」

と、うそぶいた。

「そんな屁理屈《へりくつ》は通りません」

長兵衛は腹が立ってきた。

「よく考えてみろ。誰が損をする」

「幕府が損をしましょう。それは、幕府内の百姓からの年貢ではありませんか。また、不正が横行することで真面目な者たちがばかを見る……」

「世の中はそういうものだと言ったはずだ」

「そこまでして、お金を得たいのですか」

長兵衛は貶《さげす》むように言う。

「あたりまえだ」

「不正して得たお金を何のために使われるのですか」

「もちろん、出世のためだ」

「出世のため？　賄賂ということですか」

「そうだ。老中の何人かに贈る。いずれわしは勘定奉行か町奉行に昇進するつもりだ。おぬしもその金でやりたいことをすればいい」

「そのような汚い金を手にしたいとは思いません」

「長兵衛」

伊賀之助はにやつきながら、

「最初はみなそうだ。だが、いずれ何とも思わなくなる」

「きっぱりとお断りいたします」

長兵衛は言い切る。

「若いな」

伊賀之助は鼻で笑い、

「今、返事を求めぬ。一晩考えろ」

「一晩考えても同じです。お断りいたします」

長兵衛は断固とした態度で言い、

「不正など下劣な者がやることです。お奉行さま、どうかお考え直しを」

と、訴えた。

「わしに意見をするつもりか」

伊賀之助が顔をしかめた。

「私は曲がったことはいたしません。また、他人の悪事の片棒を担ぐつもりもありません。失礼します」

長兵衛は腰を上げた。

「待て、長兵衛」

伊賀之助が引き止める。

「そなたはそんな大層な口を叩ける身分か。俠客だと意気がっているが、食いっぱぐれ者を集めて人足として牛や馬のように働かせて上がりをかすめているのでないか。人足を逃がさないように博打を黙認している。褒められたことをしているわけではあるまい」

「幡随院長兵衛は男です。お天道さまに顔向け出来ないことはしちゃいません。では」

長兵衛は憤然と立ち上がった。

「そなたを仲間と思うから企みを打ち明けたのだ。このまま帰るつもりか」

伊賀之助が怒鳴り、襖の傍にいた若い武士は片膝を立て、脇差に手をかけた。

「お奉行さまは『川辰屋』と昵懇《じっこん》と聞いておりますが、私を世話役にしたとき、『川辰屋』はどうなさるおつもりだったのですか」

長兵衛は確かめた。

「もうよい。出ていけ」

伊賀之助は激しく言う。

「失礼いたします」

長兵衛が襖を開けると、次の間に女将が控えていた。

「何があったのですか」

女将が驚いて立ち上がる。

「引き上げます」

長兵衛は渡り廊下を急いだ。女将があわてててついてくる。

気配に気づいて、帳場の奥の部屋から吉五郎が飛び出してきた。

「何かありましたか」

吉五郎がきく。

「帰る」

長兵衛は長脇差を受け取って土間に下り、さっさと門に向かった。

「若旦那、何があったんですか」

吉五郎が追いついてきく。

「とんでもない話だ」

長兵衛はまだ腹の虫が治まらない。

「今度の修繕で『幡随院』を世話役にするから、人足の数を水増ししろという話だ」

「水増し？」

吉五郎も呆れたように、

「不正じゃありませんか」

「そうだ。よりによって、この俺に不正の片棒を担がせようとしたんだ。許せねえ」

「『川辰屋』はどうしたんでしょうか」

吉五郎は不思議そうに口にした。

「『川辰屋』と意見の相違が生じたのだろう。それで、俺に話を持ってきた。それがだめだったら、また『川辰屋』と手を組むかもしれねえ」

ふと、長兵衛は立ち止まった。

何者かの視線を感じたことを思い出した。自分が飛び出したあと、誰かがあの座敷に入っていったかもしれない。

「吉五郎」

「へい」

「もうひとり、誰かがいたように思える」

「わかりました。じゃあ、それを見届けてから引き上げます」

吉五郎は長兵衛の考えをすぐに察して応えた。

「頼んだ」

吉五郎と別れ、長兵衛はひとりで帰途についた。

二

長兵衛の早い帰宅に、お蝶は別段驚きもしなかった。それどころか、微笑んで迎えてくれた。

「やっぱり、喧嘩別れね」

お蝶は着替えを手伝いながら言う。

「やっぱり？」

長兵衛は訝ってきいた。

「普請奉行がおまえさんを招くなんて、きっと何かあるに違いないと思っていたのさ」

着物を落とすと、お蝶がすぐ後ろから着せ掛けた。

「俺も何かあるとは思っていたが、まさかあのような用件だったとは」

長兵衛は帯を締める。

「何さ」

「その前に、酒だ。呑まずにはいられねえ」

居間に入り、長火鉢の前に座った。

「今、燗《かん》をつけます」

お蝶がチロリに酒を入れて、長火鉢に置く。

「人足の水増しを求めてきた」

長兵衛は普請奉行とのやりとりを話した。

「まったく悪びれる様子もない。さも当然だという話しっぷりだ」

「まさか、そんな用件だとは思わなかったわ」

お蝶も呆れ返った。

「露骨に不正を勧めてくるんだ。誰もがやっていると言いやがった」

長兵衛はまだ腹立たしい思いが消えない。

お蝶が長火鉢からチロリをとり、

「さあ、おまえさん。気を静めて」

と、酌をした。

長兵衛は酒を喉に流し込み、

「あんな男が、いずれ勘定奉行か町奉行になるのかと思うと、やりきれねえぜ」

長兵衛は嘆いた。

「お奉行はなぜおまえさんにそんな話を持ち出したのかしら」

お蝶が訝ってきく。

「『幡随院』の評判だ。『幡随院』が不正をするわけはないという信用を利用しようとしているのだ」

「断られるとは思わなかったのかしら」

お蝶が首を傾げる。

「世話役にしてやれば、なんでもいいなりになると思ったんだろうよ。幡随院長兵衛を知らなすぎる」

長兵衛は酒を呷《あお》った。

「ちょっと露骨すぎるわね」

お蝶は言ってから、

「おまえさんに断られてこれからどうするんでしょう。おまえさんの代わりに、また『川辰屋』さんと手を組むのかしら」

「『川辰屋』に何かあって俺のところに乗り換えようとしたんだろうが、また『川辰屋』と手を組むのだろうな」

長兵衛は酒を呷るうちに少し落ち着いてきた。

「これからどうするか」

長兵衛は呟く。

「悪事をこのまま見捨てておくことなんて出来ないが、きょうのことを奉行所か御徒目《おかちめ》付《つけ》に訴え出たところで、そんなことを言っていないと普請奉行はしらを切るに決まっている」

かといって、手をこまねいて不正を見過ごすわけにはいかない。

吉五郎が戻ってきたのは四つ（午後十時）近かった。

「ごくろうだった」

居間に入ってきた吉五郎を労う。

「親分。お奉行の乗物を見送った中年の武士がかなり経ってから店を出ていきました。物陰で聞き耳を立てていると、女将はその武士を高尾《たかお》さまと呼んでいました」

「高尾？」

「馬面の眠そうな顔つきの男です」

「誰だろう」

「それで、その高尾って侍が引き上げたあと、女将に訊ねました。言い渋っていましたが、心付けを握らせると根負けしたように答えました。勘定組頭の高尾鉄太郎《てつたろう》です」

「勘定組頭だと？」

勘定奉行配下の役人だ。勘定奉行配下の役人が普請に掛かる費用の検分を行い、勘定奉行が決裁する。

いくら、普請奉行が不正を働こうにも勘定奉行の検分で引っ掛かる恐れがある。だが、勘定勘定組頭も仲間であれば……。

「そうか。勘定組頭が控えていたのか」

長兵衛は呻くように言う。

「親分が普請奉行の話に乗れば、勘定組頭が顔を出す段取りだったんじゃありません
か」

「そうだろう。俺が拒んだものだから当てが外れたのだ」

長兵衛は吐き捨てたあと、

「その武士がほんとうに勘定組頭の高尾鉄太郎かどうか、明日確かめてもらいたい」

「わかりやした」

吉五郎が引き上げかけて、

「親分、明日から外出するときは必ず腕の立つ者を供につけてくだせえ。特に夜は、供
はふたり」

「秘密を知った俺を普請奉行が始末するとでも思うのか」

長兵衛は口元を歪めた。

「わかりませんが、用心するに越したことはありません」

「わかった」

「では、あっしは。姐さん、お休みなさいませ」

吉五郎は部屋に引き上げた。


翌日の夕方に、昼過ぎから出かけていた吉五郎が戻ってきた。

「やはり、昨夜の侍は勘定組頭の高尾鉄太郎でした」

高尾鉄太郎の屋敷を調べ、門前を見通せる場所で待っていると、昨夜の侍が下城してきたという。

念のために、近所の屋敷で確かめたところ、間違いないことがわかった。

普請奉行と勘定組頭が通じ、不正の企みが着々と進められていると考えざるを得なかった。

居間から下がった吉五郎がすぐ戻ってきて、

「河下の旦那がやってきましたぜ」

と、伝えた。同心の河下又十郎だ。

「客間に通したか」

「へい」

「よし」

十五年前の久助と八十吉のことを調べてもらおうという思いもあって、長兵衛はすぐに客間に向かった。

又十郎は煙草入れから煙管を取りだしたところだった。

「きょうも早いな」

煙管を仕舞いながら、又十郎は言う。

「いえ。それより、旦那。きょうは何なんですね」

向かいに腰を下ろして、長兵衛はきいた。

「ひょっとして、十五年前の……」

「長兵衛」

又十郎は口調を改めた。

「今日やってきたのはその件ではない」

「なんでしょう」

「昨夜のことだ」

「昨夜？」

長兵衛はおやっと思った。

「おぬし、神田明神境内にある料理屋の『はしもと』に行ったな」

「ええ」

長兵衛は頷いたが、

「どうして、それを？」

と、不審に思った。

「まず、こっちの問いに答えてもらいたい」

又十郎は厳しい表情のまま、

「何しに行ったのだ？」

と、迫るようにきいた。

「普請奉行の相本伊賀之助さまからお招きがありました」

長兵衛は正直に答える。

「普請奉行が何の用だ？」

「お城の城壁修繕などに関わる普請についての相談です」

「具体的には？」

「申し訳ございません。普請奉行との内密の話を勝手に漏らすわけにはいきません」

「なぜだ？」

「信義の問題です。普請奉行は私を信用して話したのでしょう。それを、ただきかれたからとべらべら喋ることは出来ません」

悪事のことだから訴えてもいいという思いもあるが、普請奉行は長兵衛への信頼の下に秘密を口にしたのだ。それをあっさり喋ることは出来なかった。

「それが侠客か」

又十郎は不快そうな顔をし、

「で、その相談に乗ったのか」

「いえ、あっしの考えと大きく違っていたので、お断りいたしました」

長兵衛は答え、

「なぜ、昨夜のあっしの動きをご存じなのか、教えていただけますか」

と、又十郎の顔を見つめた。

「もう少し、こっちの問いに答えてもらおう。それからだ」

「へい」

「座敷には他に誰がいた？」

「相本さまとご家来の若い武士です」

「他には？」

「いません」

「ほんとうか」

「ほんとうです」

勘定組頭の高尾鉄太郎のことを言っているのだろう。

「そうか」

又十郎は頷いた。

「河下さま。どうしてあっしのことを？」

「昨夜、御徒目付灰田大五郎《はいだだいごろう》どのの密偵が『はしもと』の庭にもぐり込んでいたそうだ」

又十郎が口にした。

「密偵？」

長兵衛は予想外のことにきき返した。

「そうだ。普請奉行の相本さまの動きを見張っていたのだ。そこに、現われたのがおぬしというわけだ」

「では、あのときの視線は……」

渡り廊下で感じた視線は密偵のものだったのかと、長兵衛は驚きを禁じ得なかった。

「なぜ、御徒目付が普請奉行の動きを？」

気を取り直して、長兵衛はきいた。

「今度の普請に関して不正があるという訴えがあったそうだ。そもそも普請奉行の相本伊賀之助には以前から不正の疑いがあった。そこに今度の訴えだ。それで、内偵を進めていたそうだ」

「………」

「あの『はしもと』には勘定組頭の高尾鉄太郎もいたそうだ。おぬしは会ってはいないのだな」

「ええ。会っていません」

長兵衛は事実を言う。

「普請奉行と勘定組頭が会っているとなると、これはかなり大掛かりな不正が行われると見ていい」

又十郎は不敵に笑う。

「それにしても、どうしてこの件で河下さまが?」

長兵衛は疑問を口にした。

「奉行所でも、普請奉行との繋りに目をつけて木挽町の『川辰屋』を密《ひそ》かに探っている」

「なんですって。『川辰屋』に目をつけていたと言うのですか」

「そうだ。灰田どのとは互いに連絡をとりあっている。そんな中で、灰田どのからおぬしの話をきいたのだ。それで、事情を確かめにきたというわけだ」

又十郎は経緯を話した。

「不正の訴えは誰からですか」

「わからぬ」

又十郎は首を横に振ったが、

「だが、調べていくと、普請奉行と『川辰屋』の主人が頻繁に会っていることがわかった。そこから疑いが芽生えた」

「………」

長兵衛は意外な展開に戸惑った。

「長兵衛。これでも普請奉行の話を喋れないか」

「仮に、私が喋ったとしても証にはなりません。当然、私が話したことを、普請奉行は否定するでしょうから」

「証にならずとも、普請奉行が何をしようとしているかはわかる」

又十郎は意気込んで言う。

「申し訳ありません。正義の立場からは普請奉行の話をすべきでしょうが、たとえ一方的だったとしても相手はあっしを信頼して打ち明けたのです。男と男の信義を守りたいと思います」

「長兵衛、自分の置かれている立場がわかっているのか」

業を煮やしたように、又十郎は大声を出した。

「御徒目付はおぬしと普請奉行がつるんでいるのではないかと見ているのだ。長兵衛はそのような男ではないとわしは強く言ったが、普請奉行をかばうような真似をすれば、やはり組んでいるのかと……」

「河下さま」

長兵衛は口をはさむ。

「あっしと普請奉行が繋がっていると思い込んで、あっしに目をつけても無駄です。かえって、核心から遠ざかってしまいます」

「いずれにしろ、普請奉行はおぬしに不正の片棒を担がせようとした。が、おぬしが蹴ったということだな。わかった。邪魔をした」

又十郎は一方的に言い、立ち上がった。

「河下さま」

長兵衛は見上げて、

「あっしは不正を見逃すことは出来ません。あっしなりに、お力をお貸しいたします」

「そなたに何が出来よう。侠客だと威張っていても普請奉行相手では何も出来まい」

又十郎は鼻で笑った。

「いえ、向こうからやってきます」

「向こうから?」

「企みを知った私を許しておけないでしょう」

「どうかな、まあ、期待せずにおこう」

そう言い、又十郎は客間を出ていった。久助と八十吉のことを調べてもらおうと思っていたが、それどころではなかった。

ひとりになり、長兵衛は腕組みをして考え込んだ。

普請奉行の相本伊賀之助はなぜ『川辰屋』ではなく『幡随院』の長兵衛に声をかけてきたのか。『川辰屋』が町奉行所に目をつけられていることを察して『幡随院』に乗り換えようとしたのか。

しかし、『川辰屋』が町奉行所に目をつけられていることに気づきながら、自分は御徒目付に見張られていることに気づかないのか。

『川辰屋』は『初音屋』の人足を五人も引き抜いたという。人足を集めているのだ。それは、今度の普請を『川辰屋』が一手に請け負うことになっていたからではないか。

どうも妙だ。普請奉行と『川辰屋』の仲に亀裂が生じる何かがあったとしても、すぐに長兵衛のほうに乗り換えようと思うだろうか。

「若旦那。いいですかえ」

襖が開いて、吉五郎が入ってきた。

「河下の旦那から聞きました。昨夜、御徒目付の密偵がもぐり込んでいたそうですね」

「訴えがあったそうだが、誰が訴えたのかわからないとか。なんか、すっきりしねえ」

長兵衛は、胸に何かがこびりついているような不快感が拭えなかった。

三

翌朝、店を離れられない吉五郎に代わり、長兵衛は勝五郎を供に出かけた。

木挽町一丁目の紀伊国《きのくに》橋の近くに『川辰屋』がある。

土間に入ると、店座敷で数人の男が将棋をさしたりして過ごしている。帳場格子には誰もいない。

「ちょっといいかえ」

長兵衛はあぐらをかいて煙草を吸っている不精髭《ぶしょうひげ》の男に声をかけた。

「なんですね」

「旦那を呼んでもらいたい、幡随院長兵衛だ」

「これは『幡随院』の親分さんで」

奥との仕切りの長暖簾から番頭ふうの男が出てきた。

「旦那でございますか。今、声をかけてきますので」

番頭は再び長暖簾の向こうに消えた。待つほどのこともなく、番頭が戻ってきて、

「どうぞ、お上がりください」

と、勧めた。

勝五郎にその場で待つように言い、腰から長脇差を抜いて右手に持ち替え、長兵衛は番頭のあとについて長暖簾をかき分けた。

客間に案内され、部屋の真ん中に座って待っていると、三十半ばの渋い顔だちの川辰屋稲造が入ってきた。

「これは長兵衛、珍しいな」

稲造は鷹揚に言い、向かい合って腰を下ろした。

「ご無沙汰しております」

「確か、おまえさんの九代目襲名のとき以来だ」

今戸の料理屋で、九代目の襲名披露を行った。そのときは同業の者や八丁堀の与力や同心などが集まった。

「その節はありがとうございました」

長兵衛は礼を言う。

「で、俺に用とはなんだね」

稲造は厳しい顔できいた。

「今度の修繕のことで」

「うむ」

「ざっくばらんに申し上げます。『川辰屋』さんは普請奉行さまとはかなりご昵懇の間柄だと伺っています」

「それがどうかしたか」

「今度の入札も、はじめから川辰屋さんに決まっているのではないか……」

「考えすぎだ」

稲造は長兵衛の言葉を遮った。

「じつは一昨日、普請奉行の相本さまに呼ばれました」

「そうらしいな」

「ご存じでしたか」

長兵衛はきく。

「相本さまから聞いた」

「相本さまから?」

「そうだ。俺は昨夜、呼ばれた。相本さまは食えないお方だ」

稲造は口元を歪めた。

「どういうことですか」

「まあ、いい。で、何が言いたいのだ?」

「相本さまからとんでもないことを頼まれました」

「………」

「まず、なぜ、あっしにそのような話を持ち掛けたのか。『川辰屋』さんと普請奉行の関係がどうなっているのかが気になったのです」

「相本さまはそういうお方だ。俺に今度の普請の世話役を任せると約束しておきながら『幡随院』のほうにも話を持ち掛けた」

「やはり、『川辰屋』さんに世話役は決まったも同然なのですね。だから、抱える人足を増やしているんですね」

「世話役の約束をとりつけるのにかなりの金を使っているのだ。その見返りがあってしかるべきだ」

　稲造ははっきり言う。

「それなのに、なぜあっしに世話役の話を持ち掛けたのでしょうか」

「それなりの計算があってのことだ」

「計算？　つまり両天秤をかけたということですか」

　長兵衛は問いかける。

「いや、厳密に言えば違う」

「違う？」

「確かに、『幡随院』が相本さまの話を受け入れるならそうとも言えるが、相本さまは『幡随院』が話を蹴ることは想像していたはずだ。おめえさんが不正に加担するはずないことは、相本さまも知っていた」

「あっしが最初から断ることを見通していたと？」

「そうだ」

「なぜ、そのような話を？」

「俺からもっと旨《うま》みを吸い取ろうとしたんだ。ようするに分け前をもっと寄越せ。さもないと、『幡随院』に世話役を任せる。そういう俺に対する威しだ」

稲造は苦笑し、

「相本さまの言いなりで、手を打たねばならなかった」

「人足の水増し分の儲けの？」

「そうだ」

稲造は頷き、

「今度の普請は俺のところが請け負うが、おめえさんのところにも人足の割り当てをする。安心しろ」

「ちょっと待ってください」

長兵衛は憤然と、

「『川辰屋』さんは不正に加担するつもりですか」

「普請奉行の思《おぼ》し召《め》しだ。それに従うのは当然だ。おめえだっていい思いが出来る」

「冗談じゃありませんぜ」

長兵衛は大声を出した。

「こんなことはやめてください」

「なに？」

「御法度《ごはっと》に背き、私腹を肥やすなんてとうてい受け入れられるものではありません」

「何を言っているんだ。相本さまは『幡随院』も話に乗ってきたと仰っていた」

「ばかな。あっしはきっぱりお断りいたしました」

「『幡随院』、何を今さら言いだすんだ？」

稲造は目を剝き、

「俺は相本さまから、『幡随院』も仲間だから少しは儲けが出るように考えてやれと言われているんだ」

「冗談じゃない。あっしは世話役になることを蹴ったわけじゃありませんぜ。不正に加担出来ないと言ったんです」

「今さら何を言うんだ？」

「今日、あっしがここに来たのは不正はやめていただきたいと申し上げるためです」

「もう動きだしているのだ。今さら、引き返せん」

稲造は口元を歪め、

「いいか。普請奉行と勘定組頭の高尾鉄太郎さまは親しい。不正がばれることはない。あれだけの普請だ。人足の数を実際よりいくら大きく見積もっても見破られはしない」

「見つかるか見つからないかではありません。あっしは不正を見過ごしに出来ない」

「裏切る気か」

「裏切る？　もともと不正の仲間じゃありませんぜ」

「まあいい。おめえひとりが騒いだって何にもなりゃしない」

「『初音屋』から人足を五人も引き抜いたそうですね」

「人聞きの悪いことを言うな。五人が勝手にうちに来ただけだ」

稲造は平然と言う。

「『川辰屋』さん。お天道様に顔向け出来ないことはするもんじゃありませんぜ。お邪魔しました」

そう言い、長兵衛は立ち上がった。

土間に行くと、勝五郎が近寄ってきた。長兵衛は草履を履き、戸口に向かう。

「『幡随院』の親分さん」

番頭が声をかけた。

「失礼ですが、そこのおひと、名前はなんというのでしょうか」

「なぜだ？」

長兵衛は番頭に顔を向ける。

「いえ。じつはこいつが」

番頭は傍にいた若い男を顎で示し、

「そこのひとを知っていると言うんです」

「そうか。こいつはうちの勝五郎だ。見知っておいてもらおう」

「親分さん。こいつは上州から出てきた男でしてね。そのひとは上州の博徒の倅大前田村の栄五郎ではないかと言うんです。栄五郎は上州新田郡久々宇の丈八という博徒を殺して、今は長の草鞋《わらじ》を履いているそうです」

「ひと違いだ」

長兵衛は一言で言う。

「お代官所から手配書がまわっているそうですぜ。そんな男を匿《かくま》っていたら、親分さんにも災いが……」

「ひと違いだと言っている。さあ、勝五郎、行くぜ」

「長兵衛」

今度は稲造が呼び止めた。

近づいてきて、長兵衛の耳元で、

「よけいなことをべらべら喋ると、そいつのことを奉行所に訴えるぜ。いいな」

と、威した。

「『川辰屋』さん。幡随院長兵衛にそんな威しはききませんぜ。奉行所に訴え出たら、藪蛇《やぶへび》になりますぜ」

長兵衛はやんわりと言い返し、

「じゃあ、失礼します」

と言い、長兵衛は『川辰屋』をあとにした。

「親分、すみません。まさか、俺の顔を知っている奴がいるとは思いませんでした」

「いいか。おめえは勝五郎だ。よけいなことを気にするな。それだけだ」

「へい」

勝五郎は頷いた。

三十間堀から京橋に向かっていると、背後から迫ってくる足音に気づいて、長兵衛は足を止めた。

振り返ると、同心の河下又十郎と岡っ引きだった。

「河下さま」

長兵衛は不思議そうに声をかけた。

「『川辰屋』に何の用があったんだ?」

又十郎がきく。

「修繕の件での話し合いです」

「商売敵ではないのか。何の話があるのだ？」

「へえ、いろいろと」

長兵衛はとぼけ、

「あっちに寄りませんか」

と、川っぷちに移動した。

「河下さまもひょっとして『川辰屋』のことで？」

柳の横に立ち、長兵衛はきいた。

「近所で噂を聞いてきた」

「何かわかりましたか」

「いや。ただ、深川の政十《まさじゆう》という岡っ引きが『川辰屋』のことをききまわっているらしいことがわかった」

「深川の政のことですか」

「知っているのか」

「へえ。佐賀町の『初音屋』の主人から聞いたことがあります。政十とはどんな岡っ引きなんですか」

「あまり質《たち》のよくねえ男だ。ただ、裏の世界には顔が広いので同心に重宝がられているようだ」

「そうですか。それより、『川辰屋』で何か摑めそうですか」

「いや。頻繁に普請奉行と会っていることはわかったが、不正を行っているという証は摑めそうもない」

又十郎は悔しそうに言い、

「長兵衛。まだ、正直に話す気にならねえか」

と、うらみがましい目を向ける。

「あっしの話だけでは何の証にもなりません。相手がそんなことを話していないと否定されたらおしまいですからね。何か不正の証が見つかったら、あっしの話がその証を補うことが出来るでしょうが」

「おぬしの話があれば、強引に探索が出来るのだが」

又十郎はいらだったように言う。

「相手はしたたかです。あっしの言葉だけで動いても、びくともしませんぜ。何か、ぐうの音も出ない証があればいいのですが」

「不正を働くにしてもお互いに約定書を作るはずだ。あとで、分け前のことでもめないようにな」

「ええ、それが手に入れば」

「だから。おぬしが話してくれたら強引に『川辰屋』の屋敷に乗り込み、約定書を手に入れる。それが、普請奉行と『川辰屋』の息の根を止める」

そんな大事なものは厳重に保管されている。屋敷の手入れでおいそれと見つかるとは思えない。

「強情な奴だ」

又十郎は匙《さじ》を投げたように言う。

「河下さま。ちょっとお願いがあるのですが」

この際と思い、長兵衛は切り出した。

「十五年前、千住宿で四谷の岡っ引きが殺されたことがあったそうです」

「十五年前だと？　金次郎が殺された頃のことか。ひょっとして、何か関係があるのか」

「わかりません。じつは親父が断片的に思い出してくれたんです。四谷のほうを縄張りとしている岡っ引きが殺されたと」

長兵衛は続ける。

「それで、親父が当時の同心の旦那から、殺された岡っ引きは久助と八十吉という男を追っていたと聞いたそうです」

「久助と八十吉？」

「はい。そのふたりについて、殺された岡っ引きを使っていた同心の旦那に詳しい話を聞いていただけませんか」

「詳しい話とは？」

「まず、久助と八十吉は何者なのか。何をして追われていたのか。そして、岡っ引きを殺して逃げたふたりは、その後どうなったのか。江戸に戻ったのかどうか。そのあたりのことを調べてはいただけませんか」

「長兵衛、俺の頼みは聞き入れず、よく頼めるな」

「決して河下さまの頼みを聞き入れないわけではありません」

「まあいい。心がけておこう」

そう言って、又十郎は岡っ引きとともに去っていった。

花川戸に帰ってくると、吉五郎が「客人がお待ちです」と土間の隅に目をやった。

長兵衛が顔を向けると、中間ふうの男が近づいてきた。

「おや、おまえさんは……」

「へえ。多々良平造さまの屋敷の者です。旦那さまからお言伝てでございます」

中間は口を開く。

「今宵、お屋敷に来てくださらないかと仰っておいでです」

「わかった。伺うとお伝えを」

「へい」

中間は土間を飛び出していった。

「親分。こいつは怪しいですぜ」

吉五郎が心配そうに言う。

「なあに、罠なら罠でまた手掛かりが出来る」

「じゃあ、あっしが供に」

吉五郎が言う。

「いや、勝五郎でいい」

「そうですか」

吉五郎は頷いてから、

「勝五郎、親分を頼んだぜ」

と、声をかける。

「へい」

「出かけるのは夕方だ」

長兵衛はそう言い、居間に戻った。

お蝶がすぐに、

「昼間、聖天町《しょうでんちょう》の惣菜屋のおかみさんの相談に乗ってやっていたんですけど、そのあとで妙なことを聞きました」

「妙なこと？」

煙管を持つ手を止めて、長兵衛はお蝶の顔を見た。

「去年亡くなったご亭主が、十五年前の一月ごろ、待乳山《まっちやま》聖天さまの脇に大八車が何日も停《と》めてあったので自身番に届けたことがあったそうです」

「何日も？」

「ええ。誰も引き取り手が現われなかったんだけど、半月後に神田須田町の酒問屋から盗まれたものだとわかったんですって」

「須田町からこっちに何かを運ぶために大八車を盗んだのだろう。返すつもりなどなく、放り出したのだ」

長兵衛は煙管を持ったまま考え込んだ。

「一月というと鉄二が『小金屋』に転がり込んできた頃で、吉原が火元の火事の一カ月ほど前か。気になるな」

結びつける証は何もないが、時期が重なることに引っ掛かった。

「ご亭主は亡くなったのか」

「ええ、長く患っていたそうです」

「残念なことだが、自身番に訴えたのなら誰かが事情を知っているかもしれないな」

「まさか、『小金屋』に何かを運んだとか？」

お蝶が想像して言う。

「ちょっと、自身番に行ってみる」

長兵衛は立ち上がった。


聖天町の自身番の玉砂利を踏んで顔を出した。膝隠しの前に座っていた四十半ばぐらいの家主が、

「これは『幡随院』の親分さん」

と、微笑んだ。

「すまない。ちょっとききたいことがあるんだ」

「なんですね」

「十五年前のことだ」

長兵衛は他に詰めている者にも目をやった。

「十五年前の一月、待乳山聖天の脇に大八車が何日も停めてあったのを、惣菜屋のご亭主が知らせにきたことがあったそうだが」

「親分さん。十五年前のことを知っているのはあっしだけかもしれません」

店番の者が答えた。

「おまえさんはそのとき、ここに詰めていたのか」

「はい。覚えております。知らせを受けて駆けつけると、待乳山聖天の脇に古い大八車が停めてありました。惣菜屋の主人の話ですと、三日前から停まっていたということでした。こっちのほうまで荷物を運んだあと、邪魔になって捨てたのでしょう。屋号が書かれていましたが、薄くなって読めなかったんです」

「で、その大八車はどうしたんですか」

「自身番の近くに移し、同心の旦那に知らせました。半月後に、神田須田町の酒問屋のものだとわかり、引き渡されたそうです」

「同心っていうのは今の河下さまの前の？」

「そうです。古沢《ふるさわ》さまです」

古沢という同心にきけば何かわかりそうだ。古沢のことは、河下又十郎にきけばいい。

長兵衛は礼を言って自身番を引き上げた。

四

夜の帳《とばり》が下りた。ひんやりした風が吹いてくる。

長兵衛は勝五郎を内玄関に待たせ、部屋に案内された。

そこに多々良平造が座っていた。

「長兵衛、よく来た」

多々良平造は静かに口を開いた。

「はっ」

「先日、わしの留守中にやってきたそうだな」

「はい、御新造さまにお目にかかりました」

「わしの前のお役目を知りたがっていたようだが、なぜそんなことを知りたがるのだ？」

「多々良さまが誰に命じられてあっしを襲わせたのか。何のためにそうしたのか、それが知りたいのでございます」

「うむ」

多々良平造は少し押し黙っていたが、おもむろに口を開いた。

「ここに来るにあたり、罠とは思わなかったのか。この屋敷内に何人も腕の立つ者を隠しているとは思わなかったのか」

「思いませんでした」

「なぜだ？」

「御新造さまにお目にかかったからでございます」

「どういうことだ？」

「凛《りん》とし、上品な御新造さまがいらっしゃるのだから、多々良さまは決して理不尽な真似をするような方ではないと思いました」

「………」

「単にあっしの腕を確かめるためという中間の国松の言葉に間違いはないと思いました」

「そうか」

素直に頷き、

「わしは西丸御納戸役《にしのまるおなんどやく》だった」

西丸は隠居した将軍や世嗣《よつぎ》が暮らすところで、その調度品などを取り扱うのが西丸御納戸役だと、多々良平造は言った。

「だが、わしは酒で失敗した。酔っぱらって上役を殴ってしまった。日頃の鬱憤がたまっていたのだ。それが酔っぱらったときに爆発してしまった」

多々良平造はため息をつき、

「後悔しても遅かった。わしはこんな顔つきだから他人から誤解される。上役もそうだった」

と、嘆くように言った。

「そうでございましたか」

「それから酒は呑んでおらぬ。毎月の逢対日《あいたいび》には組頭さまに酒を断ち、心を入れ替えたと訴え続けた。そんなとき、組頭さまから妙な依頼を受けた。幡随院長兵衛の腕を試したいと」

「なぜでしょうか」

「わからん。そのとき、組頭さまはそなたが長兵衛と対峙することはない。かえってあとで面倒なことになる。浪人に長兵衛を襲わせ、そのときの長兵衛の動きをじっくり見て判断せよと」

「………」

「妙な依頼ながら、ひとを斬るわけではなく、それにその依頼を引き受けることでお役に就けるというので引き受けた」

多々良平造はやりきれないように、

「まさか、おぬしが手下に国松をつけさせるとは思わなかった。あわてて、国松を逃がしたが、無駄だった」

「で、組頭さまとの約束は？」

「幡随院長兵衛の腕はかなりのもの。私でも敵《かな》わないかもしれないと告げた。不満を持たれるかと思ったが、昨日、御徒衆に入ることが決まった」

「それはようございました。御新造さまのためにも喜ばしいことで」

長兵衛は素直に讃《たた》えた。

「だが、おぬしを災難に巻きこんだまま、お役に就くことに負い目があり、ほんとうのことを話すことにしたのだ」

「さようでございましたか」

「組頭さまにそれとなく確かめたところ、おぬしのことは上から頼まれたことらしい。理由はわからないと言っていた」

「上からというと、小普請支配どのですね」

「そうだろう」

「普請奉行の相本伊賀之助さまをご存じですか」

「お会いしたことはないが、確かご支配どのとは親しい仲だと聞いたことがある」

「なるほど。わかりました」

「長兵衛、わしのことを許してくれるか」

「許すも何もありません、いろいろお話しくださいまして感謝いたします。御徒衆としてのご活躍を期待しております」

「かたじけない」

多々良平造は頭を下げた。

勝五郎と本所から花川戸に戻った。五つ（午後八時）になる頃だ。

潜り戸を開けて土間に入ると、吉五郎が近づいてきて、

「『初音屋』さんがいらっしゃってます。どうしても会いたいと、半刻（一時間）以上もお待ちです」

「何かあったのか」

長兵衛は客間に急いだ。

襖を開け、

「おまたせしました」

と、急いで今太郎の前に座った。

「迷惑を承知で待たせてもらった」

今太郎は厳しい顔で言う。

「何かありましたか」

「まず、これを見てくれ」

そう言い、今太郎は懐から袱紗《ふくさ》に包んだものを取りだした。中身は文のようだ。

「中を」

長兵衛は文を手にし、広げた。

あっと、長兵衛は声を上げた。普請奉行相本伊賀之助が川辰屋稲造に宛てた誓文《せいもん》だ。それによると、修繕の世話役に『川辰屋』を指名し、儲けの四分を『川辰屋』に渡すという内容だ。最後に日付と相本伊賀之助の署名と花押《かおう》が押されてあった。

「これは？」

「深川の政が盗んできた」

「盗んだ？」

「そうだ。きょうの昼間、岡っ引きの権限を振り回して店に入り、家人の隙を窺って、主人の部屋に入った。手文庫に入っていたそうだ」

「まさか、このようなものが手に入るとは……」

長兵衛は興奮した。

「どうだ、これで『川辰屋』と普請奉行の不正を暴けるのではないか」

これがあれば、長兵衛の訴えも取り上げてもらえるかもしれない。

「ただ、問題はこれをどうやって手に入れたかです。盗みに入ったとなると、相手からどんな反撃を食うかわかりません」

「うむ」

今太郎は唸ったが、

「こうしたらどうだ」

と、声を弾ませた。

「深川の政が不審な男を捕まえたところ、この誓文を持っていた。問いつめたところ、『川辰屋』に盗みに入り、手文庫から盗んできたと白状したと」

長兵衛はなんとなく気が進まなかった。盗んだものというのが気に入らなかった。しかし、不正の証であることは間違いない。

「わかりました。同心の河下さまに相談してみます。これ、預かってよろしいですか」

「もちろんだ」

「『初音屋』さんの名を出してかまいませんか」

「構わん。『幡随院』、頼んだぜ」

「はい」

長兵衛は誓文を摑んだ。

翌朝、使いを出すと。河下又十郎が昼前に駆けつけてきた。

吉五郎が呼びにきたので、長兵衛は客間に急いだ。

又十郎と対座するなり、

「長兵衛、火急の用とはなんだ」

と、きいた。

「これをご覧ください」

又十郎はそれを受け取った。

「なんだ、これは」

又十郎は目を剝いた。

「どうしたんだ、これは？」

「『初音屋』の今太郎さんが深川の政という岡っ引きを使って手に入れたのです。『川辰屋』に忍び込み、稲造の部屋の手文庫から盗んできたのです」

「そうか。よくこのようなものが手に入ったな」

「問題は、深川の政が『川辰屋』に忍び込んで手に入れたことです。『初音屋』さんと深川の政が何らかの罪に問われると困ります。そこで、深川の政が不審な男を捕まえたところ、この誓文を持っていた。問いつめたところ、『川辰屋』に盗みに入り、手文庫から盗んできたと白状した。このような筋書きにしたらどうかと、『初音屋』さんが言うのですが……」

長兵衛は続ける。

「そうすると、その不審な男が問題になるかもしれません。そこで、河下さまが証を摑むために深川の政を『川辰屋』にもぐり込ませたということに出来ませんか」

「俺が？」

「はい。あっしが普請奉行から不正に加担することを誘われたこと、さらに『川辰屋』の稲造からも不正の話を聞いたことを河下さまに訴えた。それで河下さまは『川辰屋』を調べていたことにするのです」

「なるほど。いいだろう。では、神田明神境内の『はしもと』でのやりとりをすべて話すか」

「お話しします」

「聞こう」

「普請奉行の相本さまは、『幡随院』に入札するので、人足の数を水増しせよと」

「人足の水増し？」

「今度の修繕は大々的なものになります。人足の数もそれなりに要りますが、さらに水増しして儲けを得ようと」

「普請奉行がそう持ち掛けたのだな」

「そうです。それから、川辰屋稲造さんに会って問い質しました。普請奉行があっしに誘いをかけたのは、『川辰屋』に対する牽制《けんせい》で、不正は両者で進められていたのです」

「なんと」

又十郎は大きく頷き、

「よし。さっそく、これを御徒目付どのに見せて、普請奉行と『川辰屋』をいっきに叩きのめす。長兵衛、ご苦労であった」

又十郎は忙《せわ》しなく立ち上がる。

「河下さま。十五年前のこの界隈を受け持っていたのは古沢さまとおっしゃる同心とお聞きしました」

「うむ。古沢錦吾《きんご》さまだ。今は、隠居なさって、小梅《こうめ》村に住んでいる」

「古沢さまにお引き合せ願えませんか」

「古沢さまに？　この件が決着してからだ」

「それでは少し先になりますね」

「古沢さまのことなら先代の長兵衛のほうが俺より親しいはずだ。先代に頼んだほうが早い」

「そうですか。わかりました」

長兵衛は又十郎を土間まで見送った。

「若旦那」

吉五郎が近づいてきた。表情が厳しい。

「どうした？」

「へえ。ほんとうに普請奉行と『川辰屋』の不正が暴けますかねえ」

吉五郎が不安を口にした。

「誓文がなによりの証だ。河下さまがきっとうまくやってくれるはずだ」

「…………」

吉五郎から返事はなかった。

「何か気になるのか」

「へえ、誓文のような大事なものが、ずいぶん簡単に手に入ったと思いましてね」

「油断だろう」

長兵衛は応じたが、吉五郎の言葉が喉に小骨が引っ掛かったかのように気になった。

五

翌日の昼過ぎ、長兵衛は弥八を供に、吾妻橋を渡った。

人形町の親父のところに行き、古沢錦吾という同心のことを尋ねた。やはり、親父は古沢錦吾が隠居したあとも付き合いがあったらしい。

吾妻橋を渡って左に折れ、源森《げんもり》橋を越えて源森川沿いを東に進む。左手に水戸家下屋敷の塀がずっと続いている。

下屋敷の塀が終わると小梅村だ。田畑が広がり、かなたに百姓家が点在している。

「あの木立の横にある家でしょうか」

「そのようだ」

親父から聞いたとおりだと、長兵衛は思った。何度か訪ねたことがあるのだ。

近づいていくと、縁側の戸が開いていて、誰かがこっちを見ていた。瘦身で、鬢の薄い男だ。

風貌も、親父が言っていたとおりだ。古沢錦吾に間違いない。倅に代を譲り、五年前に隠居して夫婦で小梅村に引っ越したという。

錦吾は縁側に出て長兵衛たちを待っていた。

「古沢錦吾さまでいらっしゃいますか」

庭先に立ち、長兵衛は訊ねる。

「さよう。長兵衛の倅だな」

錦吾がきいた。

「はい。わかりますか」

「すぐわかった。親父どのによく似ている。十年前までは花川戸の家でおぬしをよく見かけた。その面影もある」

「恐れ入ります」

「で、何の用だ?」

「じつは教えていただきたいことがあって参りました」

「隠居したわしに教えるものがあるとは思えぬが」

錦吾は首を傾げ、そして、

「まあ、上がりなさい」

「では、失礼します」

弥八を庭先に待たせ、長兵衛は縁側から部屋に入った。

向かい合って、長兵衛は改めて挨拶をした。

「幡随院長兵衛にございます。突然、押しかけて申し訳ありません」

「いや、ときたま畑に出て野良仕事をするが、あとは暇だ」

「恐れ入ります」

「で、何を知りたいのだ？」

「じつは十五年前のことです」

「十五年前とはずいぶん古い話だ」

「その頃、古沢さまは定町廻り同心として、浅草から今戸、橋場一帯を受け持っておられたのですね」

「そうだ。その頃のことがききたいのか」

「はい。つまらないことなのですが、十五年前の一月、待乳山聖天さまの脇に、大八車が捨ててあったと聞きました。覚えていらっしゃいませんか」

「覚えている。須田町の酒問屋から盗まれたのだ。盗んだ者は須田町から待乳山聖天の近くまで何かを運んだのだ」

錦吾はよく覚えていた。

「盗んだ者は見つかったのですか」

「いや。わからなかった」

「何を運んだのかもわからなかったのでしょうね」

「わからなかった。ただ、ふたりの男が重そうな荷物を積んだ大八車を引っ張って蔵前通りを駒形のほうに向かうのを見ていた者がいた」

「どんな男か覚えていなかったのですか」

「ふたりとも、半纏を着ていたそうだからどこかの奉公人だろうと思ったが、半纏に染められた屋号は見ていなかった。わしらも些細なことで大八車も持ち主に戻ったので、深く探索はしなかった」

「そうでしょうね」

「その大八車がどうかしたのか?」

「いえ、まだよくわかりません。それと、それからしばらくして、四谷の岡っ引きが千住で殺されました」

「うむ、そうだったな」

錦吾は渋い顔をする。

「岡っ引きは久助と八十吉という男を追っていたそうですね」

「そうだ」

錦吾は思い出したように頷く。

「久助と八十吉は何をしたのですか」

「それが不思議だった」

「不思議？」

思わず、きき返す。

「殺された岡っ引きに手札《てふだ》を与えていた同心もはっきりした嫌疑の内容を知らなかった。どこかの旗本屋敷から何かを盗んだということで、久助と八十吉を捕まえろという指図があったということらしい」

「指図はその同心にあったのですか」

「いや、奉行所にだ」

「奉行所のどなたでしょうか」

「年番方《ねんばんかた》の与力だと思うが、実際はもっと上かもしれぬ」

「上というのはお奉行ですか」

長兵衛は驚いた。

「うむ」

「なぜ、そう思われたのですか」

「被害に遭った旗本の名も曖昧で、盗まれたものもはっきりしない、それなのに、ふたりの男を捕まえるのに、奉行所総出といった感じだったのだ。少し大仰すぎると思った」

「何を盗んだのかわからないのですね」

「わからない。どこのお屋敷かも知らされていなかった。四谷に住んでいた久助と八十吉を捕まえろと命じられただけだ」

「それで、殺された岡っ引きはふたりの行方を摑んだのですね」

「そうだ。だが、反対に殺された」

錦吾は眉間に皺を寄せた。

「久助と八十吉は大工と錠前屋だったそうですが」

「そうだ。久助は親方の家から金を盗んで追い出されたのだ」

「八十吉は？」

「八十吉はどんな錠前でも開けられたそうだ。だから、旗本屋敷に忍び込み、土蔵から何か大事なものを盗んだのではないかと思われたが、被害に遭った旗本屋敷がはっきりせず、そのままになってしまった」

「不思議ですね。なぜ、旗本屋敷の名がわからなかったのでしょうか。体面を考えて、隠していたのでしょうか」

「わからぬ」

「そもそも、誰が久助と八十吉を捕らえるように、奉行所に命じたのでしょうか」

「旗本の用人だそうだ。わしも岡っ引き殺しの探索で、久助と八十吉のことを調べた。だが、何かもやもやしていたことを覚えている」

「さっきの大八車の件が関わりあるという証はありませんが、ひょっとして大八車を盗んだのは久助たちでは？」

「…………」

「大八車の重そうな荷物というのは千両箱ということは考えられませんか」

「千両箱か。そこまでは考えなかった」

錦吾は首を傾げた。

「久助と八十吉が浮かび上がったのはどうしてですか」

「わからぬ。奉行所には久助と八十吉を捕まえるようにという依頼が旗本の用人からあっただけだ。旗本のほうで、ふたりに目をつけたのだ」

「なんとも妙な捕り物でしたね」

長兵衛は首をひねった。

「その後、久助と八十吉はどうなったのでしょうか」

「千住からどこに行ったのかわからなかった。奥州か日光か。ただ、武士が奥州街道に向かったという話があった」

「武士というのは？」

「おそらく旗本の家来だろう」

「結局、そのままなわけですか」

「そうだ。その後、旗本のほうからは何の挨拶もなかった。岡っ引きがひとり殺されただけだ」

「そうでしたか」

「長兵衛。なぜ、そのことを気にするのだ？」

錦吾がきいた。

「じつは半月ほど前、『幡随院』の庭に不審な賊が侵入しました。盗っ人ではないようです。それに何度か入り込んだ形跡がありました。それも庭だけです」

「確か、『幡随院』は火事のあと、隣家の『小金屋』の土地も手に入れたはずだが」

「そうです。賊が入り込んだのは、まさに『小金屋』の庭だった辺りなんです」

「庭で何かを探していたのか」

「そうとしか考えられません」

「何を探していたのだ？」

「じつは、『小金屋』のおかみさんの弟で鉄二という男がその頃、『小金屋』に転がり込んでいたのです。この鉄二が夜中にふたりの男と会っていたそうで、そのふたりが久助と八十吉だったと思えるのです」

「…………」

「大八車を引っ張っていったふたりの男とは久助と八十吉で、鉄二が待っている『小金屋』の庭まで何かを運んだとは考えられませんか」

長兵衛は隠れていたものが見えてきたような気がした。

「ふたりが大八車で運んでいたのは、旗本屋敷から盗んだ千両箱ではありますまいか」

「なんと」

錦吾は目を見開き、

「その千両箱を『小金屋』の庭に隠したというのか」

「そうです。庭に埋めたあと、大八車を待乳山聖天の傍に放置したんです」

「…………」

錦吾は腕組みをして目を閉じた。

長兵衛は声をかけずに待った。庭に、千両箱が埋まっているのだという思いは強まった。しかし、千両箱を埋めるにはかなり穴を掘らなければならない。鉄二が夜中に金次郎夫婦に気づかれないように掘っていたのだろうか。

そのとき、賊が縁側の下にもぐり込んでいたことを思い出した。賊は埋めた場所の目印を探していたのではないか。

千両箱があるかどうかは、土を掘り返さなければわからない。しかし、埋めたあとに目印をつけてあればあとから容易に探せる。

賊はその目印を探していたのではないか。縁側の下にそのような目印になるものがあっただろうか。

賊は久助でも八十吉でもない。ふたりとも今は四十を過ぎているはずだ。賊はもっと若い男だった。ふたりに頼まれたのだろうか。

それにしても、久助と八十吉はなぜこの十五年間、身を潜めていたのだろうか。そして、なぜ今になって金を掘り返そうとしたのか。

ふいに錦吾が腕組みを解き、目を開けた。

「長兵衛。久助と八十吉が十五年間も金を放っておくとは考えられない」

「はい、あっしもそう思います」

「だとしたら、ふたりはすでに死んでいるのかもしれない」

「死んでいる?」

「殺されたのだ。武士がふたりを追っていったのだ。どこぞで追いつき殺した。いや、ただ殺したのではないだろう。金の在り処《あか》を白状させたに違いない。『小金屋』の庭だと聞き、追手の武士は帰って旗本の殿に知らせた」

「しかし、なぜ、その旗本はすぐに金を取り返そうとしなかったのでしょうか」

長兵衛は疑問を口にする。

「そこがわからぬ」

「でも、久助と八十吉が死んでいることは十分に考えられます」

鉄二も死んでおり、盗んだ三人はこの世からいなくなった。

「ただ、殺されるとわかっていて、久助と八十吉は金の隠し場所を口にしたでしょうか。追手は金の在り処を白状させられなかったとも考えられませんか」

長兵衛はさらに続けた。

「それだったら、十五年間も金を放っておいたわけがわかります。ただ、今になって誰が金のことを調べようとしたのか」

「ほんとうに旗本屋敷から金が盗まれたのかどうか、当時の年番方の与力に確かめてみよう」

そのとき、駆け込んできた男がいた。

「若旦那」

吉五郎だった。息せき切っている。

「何かあったのか」

「河下さまの使いが駆けつけました。偽りの訴えをした廉《かど》で若旦那に捕縛の命令が出されたそうです」

「偽りの訴えだと？」

長兵衛は心ノ臓を鷲掴みにされたような衝撃に襲われた。

「あの誓文は罠だったそうです。しばらく花川戸に戻らないようにと」

「なんと」

長兵衛は深呼吸をして気持ちを落ち着かせ、改めて何が起きたのか考えた。

第四章　十五年前の秘密

一

夜になって密かに、長兵衛は花川戸の『幡随院』まで様子を窺いにきた。店の前に、同心や奉行所の小者らしい男たちがうろついている。

長兵衛は裏にまわった。裏口の付近にも提灯を持った奉行所の小者が数人立っていた。

待乳山聖天に向かう。境内に、弥八が待っていた。

「親分」

弥八が近寄ってきた。

「捕り方が囲んでいやがるな」

「へえ。土間にも何人か入り込んでいます」

「ちっ」

長兵衛は舌打ちして、

「河下さまは?」

「土間にいます」

「よし。こっそり耳打ちして西方寺《さいほうじ》に来ていただくように言うんだ。それから吉五郎に河下さまのあとをつけさせろ」

「わかりました」

弥八は山門を出ていった。

長兵衛も山門を出て、日本堤のほうに向かう。その途中に、西方寺があった。三ノ輪の浄閑寺《じょうかんじ》と同じく投込寺《なげこみでら》で、吉原で亡くなった遊女は菰《こも》に包まれて墓穴に投げ込まれる。

山門の前にやってきたが、境内には入らず、山門を見通せる向かいの民家の脇に身を隠した。

やがて、すたすたと河下又十郎がやってくるのがわかった。ひとりのようだ。又十郎は山門をくぐった。

しばらくして、吉五郎が現われた。

「吉五郎」

長兵衛は暗がりから出た。

「若旦那。とんだことになりました」

「俺のことは心配いらねえ。お蝶にもそう伝えてくれ」

「へい」

「じゃあ、河下さまに会ってくる」

長兵衛は山門に向かった。

「あっしはこの辺りで見張っています」

吉五郎の声をきいて、長兵衛は山門をくぐった。

本堂の前で、河下又十郎が待っていた。

「長兵衛」

又十郎が近寄ってきた。

「河下さま。いったいどうなっているんですかえ」

「向こうへ」

山門から女が入ってきた。夜のお参りだ。

ふたりは本堂の裏にある植込みの中に入った。

「ここならひとに見られる心配はない」

と、又十郎は、

「とんでもないことになった」

呻くように言った。

「何があったか、詳しく話していただけますか」

長兵衛は促した。

「あの誓文は偽物だ」

「偽物？」

「そうだ。俺は昨日おぬしから誓文を預かると、すぐに御徒目付の灰田大五郎どののもとに駆けつけた。まさに、普請奉行相本さまと川辰屋稲造の不正を明らかにするものとし、灰田どのは相本さまに、わしは上役と相談の上に川辰屋稲造から事情をきくことになった。そして、今朝になって『川辰屋』に赴き、稲造を大番屋に引っ張り、問いつめた。ところが、昼前になって、灰田どのが駆けつけてきて、あの誓文は偽物だと」

「偽物？」

「相本さまの字に似せてあるが、筆跡は違った。花押も偽造だ」

「なんと」

「それだけではない。どういうわけか、深川の政という岡っ引きが『川辰屋』に忍び込んだことはないと言い出し、『初音屋』の今太郎も、深川の政にそのようなことを頼んだ覚えはないと言い出した」

「『初音屋』まで……」

長兵衛は愕然とした。

「川辰屋稲造も普請奉行相本さまも、偽りの訴えで我らを罪に陥れようとする卑劣な行いだと騒いだ。上役は、ただちに長兵衛を召し捕れといきり立っている。それですぐにおぬしに使いを出したのだ」

「…………」

長兵衛は思わず拳を握りしめた。

「修繕を請け負いたい幡随院長兵衛が『川辰屋』と普請奉行を貶《おとし》めようと、誓文を偽造したという疑いが向けられた。御徒目付や奉行所に両者の不正を密告したのも長兵衛だということになった」

「普請奉行はわざと不正を持ち掛けたのか。『初音屋』も仲間だったとは……。用意周到に練られた企みだ」

「ともかく、捕まったら最後だ。強引に罪をかぶせられてしまう。しばらく、どこかに身を隠していろ。その間、なんとかほんとうのことを探る」

「河下さまはあっしのことを信じてくださるのですか」

「あたりまえだ。長兵衛がそんなけちな真似をするはずない。奉行所の者も、おぬしが偽りの訴えをしたなど信じていない。ただ……」

「ただ、なんですか」

「普請奉行も『川辰屋』のほうも、おぬしに罠をしかけて罪に落とそうとする理由がないのだ。今度の入札にしたって、『川辰屋』が有利なようではないか。これが逆だったらわかるが」

「…………」

確かに、そのとおりだ。どんな狙いがあって長兵衛を罠にかけたのか。

「長兵衛に何か心当たりはないか」

「いえ、なにも」

「普請奉行、あるいは『川辰屋』の秘密を知ってしまったとか」

「ありません」

長兵衛も皆目わからなかった。

「おぬしが気づかないだけで、向こうは恨みに思っていることもある。よく思い出すんだ」

「ええ」

「わしはそろそろ行く。おそらく、一晩中、見張りがつくはずだ。『幡随院』には近づかないほうがいい」

「わかりました」

「おぬしに連絡するのはどうしたらいい？」

「吉五郎に」

「わかった、吉五郎にきく」

又十郎は山門に向かった。

長兵衛もまわりを見ながら、遅れて山門に向かう。

吉五郎が入ってきた。

「これからどうしますか。河下さまの話では若旦那は罠にはめられたそうじゃないですか。『初音屋』さんも『川辰屋』の一味のようですね」

「そうだ。最初から騙すつもりで近づいてきたのだろう」

「『初音屋』をとっちめて……」

「いや、そんなことは向こうも計算している。嘘をつくように威されたと、あることないこと訴えるはずだ」

「じゃあ、どうしたらいいんです?」

「奴らの狙いだ」

「狙い?」

「俺を罪に貶めてどんな得があるというのか」

長兵衛は首をひねった。

「入札だって『川辰屋』に決まっていたのに」

そのとき、ひとの気配がした。あわてて、暗がりに隠れようとしたとき、

「おまえさん」

という声がした。

「お蝶か」

長兵衛は声の主に近づいた。

「どうしてここに？」

「河下の旦那が教えてくれたのさ。それで、うまく外に出してくれて」

「そうか。河下さまが……」

「罠にはめられたんだね」

「そうだ。だが、なぜ、そんな真似をされたのかわからねえ」

「それに普請奉行と『川辰屋』にとっても損なはず。だって、これで、修繕に関して不正を働くことは出来なくなったんですもの」

「違いねえ。もはや目が光っているから人足の水増しなど出来ねえ。それなのに、なぜ俺を罠にかけたのか」

「狙いは、『幡随院』ってこと、ないかしら」

「『幡随院』？　乗っ取りということか」

「ええ。『幡随院』を潰し、そのあと、『川辰屋』が建物や人足を引き取る。『川辰屋』の人足がいっきに増えるじゃありませんか」

「それが狙いか」

長兵衛は顔をしかめた。

「偽りの訴えをした罪で、おまえさんは江戸所払《ところばら》い。屋敷は闕所《けつしよ》になるだろうと、河下さまが仰っていました」
「闕所？」
屋敷を没収されるということだ。
「なるほど、没収された屋敷は競売にかけられる。それを『川辰屋』が落とすというこ
とか」
だが、それだけでは『川辰屋』が得をするだけで、普請奉行の相本伊賀之助の旨みは
ない。あの相本が『川辰屋』のためだけにこれほどの労力を費やすだろうか。
あっと、長兵衛は声を上げた。
久助と八十吉、そして鉄二の三人は大八車で千両箱を運んできて、『小金屋』の庭に
隠したのではないか。
ひょっとして、久助たちが盗みに入った旗本屋敷とは、相本伊賀之助のところではな
かったのか。相本伊賀之助は自分が盗まれた金を取り返そうとした……。いや、自分の
金ならなにもこのような姑息《こそく》な手段を講じなくともよいはずだ。
それに盗まれた金の在り処を知っているなら、もっと早く手を打っていてしかるべき
だ。その金は相本伊賀之助のものではないのだろう。だから、このような真似をしなけ
ればならなかったのだ。
「お蝶。俺はこれから神谷町に行ってくる」

「神谷町ですか」

「若旦那、神谷町に何が？」

「吉五郎。心配いらねえ。確かめたいことがあるんだ。奉行所も気づかないところだ。わけはあとでお蝶からきいてくれ」

「わかりました。で、今夜はそこに？」

「いや、あとで迷惑がかかってもいけねえ。もしかしたら、源さんを頼るかも」

「おまえさん、それがいいよ」

「だが、何日もってわけにはいかねえ。明日の夜は、小梅村の古沢錦吾さまの隠居宅に行く。古沢さまは匿ってくださるだろう。ただ、よほどのことがない限り、使いを出すな。小梅村までつけられる恐れがある」

「河下さまがうまくやってくれるんじゃありませんか」

「確かに、奉行所の者だけなら、河下さまが見逃してくれれば尾行される恐れはない。だが、『幡随院』の周辺には普請奉行の手の者や、もしかしたら『川辰屋』の手下が見張っているかもしれねえ」

「そういえば」

お蝶がはっとした。

「何かあったか」

「ええ、来るとき、二人連れの武士がうろついていたわ」

「若旦那。このあたりは危険です」

吉五郎が言う。

「よし。じゃあ、俺は行く」

「私たちに出来ることは？」

「誰も土間から奥に入れるな。特に庭には入れちゃならねえ」

「庭に何か」

「それをこれから確かめに行く。お蝶、気をつけて帰るんだぜ」

ふたりと別れ、長兵衛は西方寺の山門を出た。

日本堤を吉原方面に行くと、見返り柳が見えてきた。衣紋坂には大門に向かう遊客が目についた。

長兵衛は土手を下り、入谷のほうに進む。

入谷から山下を過ぎ、御成道《おなりみち》をひた走り、日本橋から京橋を経て、西方寺を出て一刻（二時間）近くかかって神谷町の銀蔵の家に辿り着いた。

すでに五つ半（午後九時）になるところだった。

長兵衛は潜り戸を叩いて呼びかけた。

「どなたですか」

中から不審げな声がきこえた。

「長兵衛です。幡随院長兵衛」

「えっ」

驚いたような叫び声とともに、戸が開いた。

「若旦那」

銀蔵こと金次郎が目を見開く。

「すまない、夜分に」

長兵衛は土間に入った。

「何かあったんですかえ」

金次郎は異変を察している。

「うむ。ちょっとな。じつはききたいことがあってやってきた」

「ともかく、お上がりください」

「いや、用がすんだらすぐ引き上げる。『小金屋』の庭に古井戸はありませんでしたか」

「ええ、ありました」

「あったんですね」

「銀蔵さん」

「ええ、使ってないものです」

「井戸はどうなってたのですか。全部、穴は埋められていたんですか」

「いえ、穴の半分ぐらいまでは石などを落として埋めてありましたが、あとは蓋をしてあっただけです」

「木の蓋ですね」

「そうです。その上に石を置いてありました」

「その井戸のことを、鉄二さんは知っていたんですか」

「ええ、庭に出ていますから当然目に留めているはずです。それが何か」

「若旦那」

お豊が出てきた。

「どうぞ、お上がりくださいな」

「いや、もう引き上げる」

「引き上げると言ったって、今から花川戸まで帰るのはたいへんじゃありませんか」

「どこかで泊めてもらうつもりだ」

「だったら、うちにお泊まりくださいな」

「そうです。若旦那、そうしなすって」

金次郎もお豊も熱心に勧める。

「じつはわけあって奉行所に追われているんだ」

「奉行所にですって」

「罠にかけられた。だから、迷惑がかかってはいけないので」

「若旦那。水臭いですぜ」

金次郎が言う。

「じゃあ、お言葉に甘えさせてもらいます」

長兵衛は部屋に上がった。

二

部屋で金次郎夫婦と向かい会って、長兵衛は切り出した。

「鉄二さんが夜中に何かしていたことがあったか覚えていませんか」

「夜中に？」

金次郎は考えていたが、

「そういえば、夜中に物音がして庭に出ていったことがありました。そしたら、鉄二がいて、何しているのだときいたら、眠れないからと」

「やはり、そうでしたか」

金次郎は怪訝な顔で、

「鉄二が古井戸で何かしていたと？」

「十五年前の一月、待乳山聖天の脇に大八車が放置されていたそうです」

「…………」

「その大八車は神田須田町の酒問屋から盗まれたものでした。つまり、何者かが大八車に荷を積んでどこかに運んだのです」

「『小金屋』の庭に運んだと？」

金次郎は啞然とした顔できいた。

「そうに違いないと思っています。古井戸に隠したのです」

「何を隠したのでしょうか」

お豊がきいた。

「久助と八十吉、そして鉄二の三人は旗本屋敷から何かを盗んだということでした。それは千両箱だったのではないでしょうか。だから、大八車で『小金屋』の庭まで運んだんです」

「…………」

ふたりとも言葉を失っている。

「ところが、十五年前の二月末、吉原から出火した火事は花川戸を焼きつくしました。

その火事で『小金屋』の庭の古井戸も焼け、蓋の板は燃えて、そこに瓦礫《がれき》が溜まった。久助と八十吉は江戸を離れて消息はわからず、鉄二も死んで、金が埋まっていることを知っている者は誰もいなくなったんです。それから十五年、誰にも古井戸の秘密は知られることはなかったのです」

「なんと」

金次郎は大きくため息をついた。

「ところが、最近になって、その秘密に気づいたものがいたんです」

「誰ですか」

「普請奉行の相本伊賀之助と川辰屋稲造です。このふたりがどうして『幡随院』の敷地になっている庭に金が隠してあることを知ったのか、そのわけはわかりませんが、古井戸の金を手に入れようと画策したのです」

「それより、若旦那はどうして奉行所に追われる羽目になったのですか。罠にかかったというのは？」

金次郎はきいた。

「これはあっしの想像ですが、まず、川辰屋稲造が『幡随院』の屋敷・土地を自分のものにする。そのあとで普請奉行の相本伊賀之助が庭の古井戸を探し、千両箱を手に入れる。そういう企みを考えたのです。そのために、あっしを罠にかけたんです」

長兵衛は無念そうに顔をしかめながら、事の次第について話した。

「あんまりじゃありませんか」

お豊が激しく叫ぶように言う。

「どうやって奴らの罪を暴くつもりですか」

「まず、古井戸です」

「………」

「ほんとうに千両箱が埋まっているかどうか。それを確かめなければなりません」

長兵衛は激しい闘志を抑えて言った。

「若旦那、夕餉は?」

「飯を食う余裕はなかった。そういえば、食っていなかったな」

もう少し落ち着かなければだめだ、と自分に言い聞かせる。

「お茶漬けでもご用意いたします」

お豊が立ち上がった。

「すまない」

長兵衛は礼を言ったあと、また古井戸の金のことを考えた。久助たちはいったいどこから金を盗んだのか。どうして、盗まれた旗本屋敷の名を隠すのか。この辺りに、大きな手掛かりがありそうだと思うと、ようやく空腹を感じてきた。

翌日、長兵衛は朝早く神谷町を出て、永代橋を渡って深川に入り、大川沿いを向島に向かった。

四つ（午前十時）前に、小梅村の古沢錦吾の隠居宅に着いた。

「昨夜戻ってこなかったので心配した。さあ、入りなさい」

錦吾は長兵衛を部屋に上げた。

「何かあったのか」

「じつは『小金屋』の庭に古井戸があったかどうか、調べに行ってきたのです」

「どうだったのだ？」

「あったということでした。そこの古井戸に大八車で運んできた千両箱を隠したのだと思われます」

長兵衛は言い切り、

「問題はどこから盗んだ金かです」

「そのことはあとで奉行所に行き、年番方の与力どのに確かめてみる。当時、隠していたとしても、今なら言えるだろう」

「助かります」

「なあに、これは十五年前にわしが解決しておかねばならなかったことだ」

瘦身の錦吾は鬢は薄く、顔にも皺が多いが、目は現役のように輝いている。

「古沢さま。百姓の身形《みなり》になって『幡随院』に行ってこようと思うのですが、なにかございませんか」

「ないことはないが、おぬしは大柄だからな。そうだ。ちょっと待っててくれ」

そう言い、錦吾は立ち上がって部屋を出て庭に下りた。

そのままどこかに出かけて、戻ってきたとき、野良着を手に持っていた。

「これを借りてきた」

「いいんですかえ」

長兵衛は野良着に着替えた、茶の股引《ももひ》きに縞《しま》の着物を尻端折《しりはしょ》りをして、頭から手拭いをかぶった。

「なんとかそれらしく見える。これを担いで行くがいい」

風呂敷で野菜を包《くる》んだ。

「助かります」

長兵衛は荷を背負って、隠居宅を出発した。

吾妻橋を渡り、花川戸に曲がる。『幡随院』に近づくと、奉行所の小者らしい男たちの他に『川辰屋』の奉公人らしい男の姿もあった。

じろじろ見られているような視線を感じたが、どうにか気づかれずに『幡随院』の裏口にまわった。

戸口にいた吾平がついてきて、

「何か用かえ」

と、声をかけた。

「吾平。俺だ」

長兵衛はささやき、顔を向けた。

「あっ、親分」

「声が高い」

「すみません」

「裏口を開けるんだ」

「へい」

吾平は表にまわり、裏口の戸を開けた。長兵衛は素早く中に入った。吾平の他にお蝶と吉五郎も立っていた。

「おまえさん」

お蝶がほっとしたような目を向けた。

「これからやってもらいたいことがある。瓦礫に埋まっているが、この庭に古井戸があるはずだ。その古井戸を掘るんだ」

「どこにあるんですか」

吉五郎がきく。

「おそらく、縁側の下だ」

長兵衛は母屋に近づき、縁側の下を覗いた。いつぞやの賊は古井戸を確かめに忍んできたのだ。

「古井戸に何が?」

吉五郎が厳しい顔できく。

「千両箱だ」

「千両箱ですって」

「そうだ。俺の勘では千両箱が埋まっているはずだ」

「わかりました。手の空いている者を呼んできます」

吉五郎が離れていくと、

「お蝶は土間にいて、奉行所の者が入ってこないようにしてくれ」

「わかりました」

お蝶も表に向かう。

「吾平、縁側の下を調べてみろ」

「へい」

吾平はしゃがんで縁の下にもぐり込んだ。普通に考えれば建物の下に井戸が隠れることはあるまい。この縁側はだいぶあとになって付け足したものだ。だから、母屋を普請するとき土地の地均《じなら》しは、あの井戸の手前までだったのだろう。

這いつくばっていたが、やがて、吾平が出てきた。

「それらしきものがありました」

「よし」

長兵衛は大きく頷く。

吉五郎が寄宿している人足を、十人近く連れて戻ってきた。

「古井戸は縁側の下だ。まず、縁側を壊さなければ掘れない」

長兵衛は指さした。

「縁側を壊しましょう」

吉五郎は応じ、人足たちに命じた。外に気づかれないよう、物音を立てないよう、みなで動く。

まず縁側の板をはがし、床下の杭を抜いた。四半刻（三十分）後には、瓦礫が詰まった古井戸の跡らしい場所に陽光が射《さ》していた。

「よし。掘れ」

長兵衛は命じる。

鋤《すき》と鍬《くわ》を使い、砂利を除《の》けていく。井戸の穴を塞いでいた蓋の板は火事で焼け、瓦礫や砂利が中に流れ込んでいた。それらを取り除く作業に手間取った。

長兵衛は固唾を呑んで見つめる。掘り返された砂利や土が古井戸の脇にどんどん積み上げられていく。

久助たちは江戸を離れた半年後にここに戻り、鉄二とともに千両箱を掘り出すつもりだったのだろう。

だが、鉄二は死に、久助と八十吉は行方知れずになった。なぜ、ふたりはここに戻ってこなかったのか。

そんなことを考えていると、掘った穴の中にからだを入れていた男がいきなり叫んだ。

「何か出てきました」

そう言い、重たそうに箱のようなものを持ち上げ、穴の外にいる男に渡した。その男が長兵衛の前に持ってきた。

土がこびりついていて朽ちかけた木箱のようであるが、千両箱であることはわかった。思ったとおりだと、長兵衛は大きくため息をついた。

「まだ、あります」

井戸の中の男が叫ぶ。

また千両箱が運ばれてきた。

「まだ、です」

さらに千両箱が運ばれてきた。

長兵衛の前に、千両箱が五つ置かれた。どれも朽ちかけており、千両箱に書かれている文字も読めない。

「五千両ですぜ」

吉五郎が驚いたように言う。

「すまねえ。河下さまをこっそり呼んできてくれ」

「へい」

吉五郎はすぐに表に向かった。

「もう他に何もないか」

長兵衛は穴堀りの男たちに確かめる。

「ありません。穴は埋めますかえ」

「いや、念のためにしばらくこのままだ。上がっていいぞ」

「へい」

そこに吉五郎が河下又十郎を連れて戻ってきた。

「長兵衛ではないか」

又十郎が驚いて近寄ってきた。

「河下さま。これをご覧ください」

そう言い、足元の千両箱を指さした。

「これは……」

「千両箱です。五つあります」

「どうしたんだ？」

又十郎が急いたように唾を飛ばしてきく。

「十五年前、千住宿で四谷の岡っ引きが殺されたことで、河下さまにお願いしたことがありましたね」

「ああ、殺された岡っ引きを使っていた同心に話をきいてくれというものだったな。きいたが、旗本屋敷に盗みに入った者を追っていたということだった。だが、その同心も詳しいことは知らなかったんだ」

「ええ、殺された岡っ引きが追っていたのは久助と八十吉という男です。このふたりの仲間の鉄二という男は、以前ここにあった『小金屋』のおかみさんの弟でした」

「弟？」

「そうです。当時、鉄二は『小金屋』に転がり込んでいました」

「すると、この金は久助と八十吉が旗本屋敷から盗んだものなのか」

「そうに違いありません。この金に目をつけた普請奉行と『川辰屋』があっしに罠をかけたのです」

「当時、久助と八十吉がどこの旗本屋敷から何を盗んだのか。誰も知らされていなかったそうだが、その旗本というのは今の普請奉行の相本伊賀之助さまなのか？」

「いえ、違うと思います。自分のところから盗まれたものであれば、あっしを罠にかけてまでという面倒くさい真似をしなくていいはずです」

「そうだな。では、いったい、この金はどこから盗まれたのか」

「古沢錦吾さまは、久助と八十吉を追うように命じたのはお奉行かもしれないと言っていました」

「お奉行が？」

「年番方与力に確かめてみるそうですが、お奉行直々の命令だから、詳しいことがわからないまま、久助と八十吉を追っていたのです」

「お奉行はどうして久助と八十吉を？　そうか、お城で誰かに頼まれたのか。老中か」

「おそらく」

「つまり、金は旗本屋敷ではなく、どこぞの大名屋敷から盗まれたということか」

「しかし、それでもなぜ名を伏せるのでしょうか。体面を慮《おもんぱか》ったのでしょうか」

「公には出来ない金だったかもしれぬ」

「普請奉行は金の持ち主を知っていて我が物にしようとしているようです。だから、罠にかけてまで『幡随院』を……」

長兵衛は又十郎を見つめ、

「河下さま。これで普請奉行と『川辰屋』があっしを罠にはめる理由がわかったはずです」

「うむ。川辰屋稲造を問いつめてみる」

「お願いします」

又十郎がきいた。

「それより、この金はどうするのだ？」

「本来なら奉行所にお渡しすべきでしょうが、もうしばらく『幡随院』でお預かりいたします。老中のほうからの依頼で奉行所が動いたのだとしたら、今度も秘密裏に始末されかねませんので」

「奉行所も信頼出来ぬか」

又十郎は苦い顔をし、

「ともかく、『川辰屋』に会いに行こう」

と、引き上げていった。

「この金は土蔵に仕舞っておくように」

そう言い、百姓姿の長兵衛もこっそり裏口から出ていった。

三

長兵衛は吾妻橋を渡り、小梅村の古沢錦吾の隠居宅に戻った。錦吾は出かけていたが、妻女が待つようにと言づかっていると、長兵衛を部屋に招き入れた。

「古沢さまは早くに隠居なさったのですね」

長兵衛は気品のある妻女にきいた。

「自分がいつまでもいては、倅が見習いのままだからと、四十になる前に」

「そうですか。まだまだご活躍出来たでしょうに」

目を輝かせて、十五年前のことに思いを馳《は》せていた錦吾の顔を思い出しながら言う。

「長兵衛さんが現われてからなんだか若返ったようで」

妻女が苦笑した。

錦吾が帰ってきたのは日が暮れかかった時分で、夕陽が畑の水を赤く染めていた。

「長兵衛、来ていたか」

錦吾は渋い表情で、部屋に入ってきた。

「古沢さま。古井戸から千両箱が見つかりました。五つです」

「何、五千両？」

「はい。木箱は朽ちかけて、文字が読めません」

「そうか」

錦吾は深刻そうな顔をした。

「どうかなさいましたか」

「うむ」

錦吾は腰を下ろすなり、

「じつは当時の筆頭与力どのに十五年前の久助と八十吉のことについてきいてみた。やはり与力どのも被害に遭った旗本のことも、盗まれたものが何かも、ほんとうのことは知らされていなかった」

「やはり、お奉行の命令ですか」

「そうだ。お奉行の命令で、奉行所あげて久助と八十吉を追ったのだ。そのあげく、岡っ引きひとりが殺され、肝心の久助と八十吉に逃げられた。お奉行は面目を潰したが、我らにしたら実体のない幽霊を追っていたようなものだ」

「お奉行に、老中から指図があったのでしょうね」

「そうであろう。だが、被害に遭った者ははっきりせず、何があったのかもはっきりしない。こんなことはかつてなかったことだ」

錦吾は続ける。

「盗まれたのが五千両だとしたら、なぜ、そのことを言わなかったのか」

「よほど質《たち》のよくない金だったのでしょうか」

長兵衛が考えながら言う。

庭にひとの気配がした。長兵衛は立ち上がって様子を窺った。

「弥八です」

「どうした？」

長兵衛が縁側に出ていくと、弥八ともうひとり男がいた。長兵衛はおやっと思った。

「おまえは淳平ではないか」

「はい」

淳平は頭を下げ、

「『幡随院』に行きましたがいらっしゃらないので、弥八さんに頼んで連れてきてもらいました」

「親分。増沢さまの奥方さまが至急お会いしたいとのことです」

弥八が淳平に代わって言う。

「奥方さまが？」

長兵衛は淳平に顔を向けた。

「はい。大事なお話があると仰り、なんとしてでも連れてくるようにと」

「どんな話だろうか」

「長兵衛親分が奉行所に追われていることを奥方さまは知っております」

「どうして?」

長兵衛は驚いた。

「増沢さまとは、増沢庄兵衛さまのことか」

錦吾が口をはさんだ。

「そうです。古沢さまはご存じで?」

「十五年前、天守番頭《ばんがしら》をなさっていた」

「天守番頭?」

明暦の大火で消失した江戸城の天守閣は再建されていないが、天守台番所の守衛に当たっているのが天守番である。

「十五年前の三月のはじめ、太田姫稲荷《おおたひめいなり》の裏側で武士の斬殺死体が見つかっていたのだ。死後だいぶ経っていた。殴られた跡もあり、拷問を受けたようだったという。この下手人もわからずじまいだった」

錦吾が続けた。

「殺されたのは天守番の河本雅次郎《かわもとまさじろう》という男だ」

「では、殺された方の上役が増沢庄兵衛さま」

「そうだ。長兵衛、奥方の話を聞いてくるのだ」

「わかりました」

長兵衛は弥八、淳平と共に小梅村を出立した。

周囲を警戒しながら吾妻橋を渡ったところで、長兵衛は弥八に、

「例の常吉はひょっとすると『川辰屋』の回し者だったかもしれねえ。『川辰屋』を探ってくれ」

常吉は最近、『幡随院』に人足として入ったが、盗っ人騒ぎの直後にいなくなった。上州の出だと言っていたが、上州出身の勝五郎に嘘を見破られたことも、あわてて逃げた理由だろう。

「わかりやした」

木挽町に向かう弥八と別れ、長兵衛と淳平は小石川に急いだ。

半刻（一時間）余り後、長兵衛は増沢庄兵衛の屋敷で、奥方と対面した。

「長兵衛どの、さっそくですが、奉行所に追われているとのこと」

「どうしてご存じなのですか」

「殿が普請奉行の相本伊賀之助どのから十五年前のことを尋ねられたそうです」

「十五年前のこと？」

長兵衛は胸が騒いだ。

「ええ。十五年前、御金蔵を破られ、五千両が盗まれたそうです」

「なんと、御金蔵が……」

長兵衛は思わず興奮する。

御金蔵は大奥戌亥《いぬい》櫓《やぐら》の傍と蓮池《れんち》櫓の傍にある。

「当時、殿は天守番頭として手下を指図して探索に当たらせたそうです。その他にも金奉行配下の者も動いております。城内に出入りをする職人だけでなく、城内を警護する侍にも調べが及んだそうです。出入りの職人のことは鑑札を受けている頭がわかっているので、出入りの職人は洗い出せますが、その中の誰かとなると難しい。そんな中で、天守番の河本雅次郎に疑いの目が向いたそうです」

奥方は息を継ぎ、

「そして、河本雅次郎を拷問の末に白状させました。それで大工の久助と錠前屋の八十吉のふたりがわかったのです。久助は四谷の棟梁《とうりよう》のところにいた大工で、その棟梁は江戸城の普請を担っていたということです。久助も江戸城の普請をしています。八十吉も江戸城の錠前を直したこともあったそうです」

「御金蔵が破られたことは秘密にされたのですね」

長兵衛はきいた。

「ええ、でも、噂としては広まっていたようです。最近になって、なぜか相本伊賀之助どのが殿に十五年前の御金蔵破りはほんとうかどうかと確かめにこられたそうです。殿はそのことに不審を持ったそうです、なにより、殿は相本どのがどうして今になって御金蔵破りのことを言い出したのか、気になったそうです」

「そうですね。なぜ、相本さまは五千両のことを知ったのでしょうか」

長兵衛は首を傾げた。

「殿さまは十五年前のことをよく奥方さまにお話しなさいましたね」

「私が強くきいたからです。私には負い目があるから正直に話してくださいました」

奥方はいたずらっぽく笑った。

「あっしが奉行所に追われていることはどうして？」

「殿が耳に入れてきたのです。長兵衛どのの危機に私はじっとしておられず、ここに来ていただいたのです」

「そうでしたか。ありがとうございます」

長兵衛は頭を下げ、

「奥方さま。じつは五千両、見つかりました」

と打ち明け、庭に埋められた経緯を語った。

奥方は目を見張って聞いていたが、

「殿がそのことを聞いたら、さぞ驚かれることでしょう」

と、優雅な顔に笑みを浮かべた。

長兵衛は小梅村の古沢錦吾の隠居宅に戻った。

そこで奥方から聞いた話を伝えると、

「御金蔵が破られたのか」

と、錦吾も驚きを隠せなかった。

庭先にひとの気配がした。縁側に出ると、暗い庭先に弥八が立っている。

「常吉を見つけました」

いきなり、弥八が言った。

「やはり、『川辰屋』にいたか」

「へい。勝五郎も確かめましたから間違いありません。それから、そのとき、常吉と親しそうに話していた細身の男がどうも気になります。吉五郎さんが見かけたという庭に忍び込んだ賊に体つきが似ているんです」

「弥八、よく調べてくれた。だんだん読めてきた」

長兵衛はにんまりした。

「でも、どうして『川辰屋』が金のことを知っていたのでしょう?」

弥八がきいた。

「おそらく常吉、あるいはもうひとりの男だ。常吉と賊の男は、久助か八十吉とどこかでいっしょになったんだ」

久助と八十吉は千住宿から奥州街道か日光街道を使ってどこかに逃げたのだ。詳しいことは常吉にきかなければならない。

「親分、常吉を捕まえましょうか。奴は黙って『幡随院』を出ていったのです。そのことでも責める理由になるんじゃありませんか。勝五郎といっしょにとっちめてきますぜ」

「いや、俺が問いつめたほうがいい」

長兵衛は言い、

「明日の朝四つ（午前十時）に紀伊国橋まで行く。この格好だ」

「わかりました。では、明日」

弥八は引き上げていった。

「古沢さま、だいぶ見えてきました。久助と八十吉は死んではおらず、千住宿から奥州街道か日光街道を使ってどこかの土地に逃げたんです。そこで、常吉と出会ったに違いありません。なぜ、十五年も我慢していたのかわかりませんが、最近になってふたりは自分の代わりに金を掘り返してくれと頼んだのではないでしょうか。ひょっとすると、どちらかが動けない体になっていたのでは……」

長兵衛は息を継ぎ、

「常吉は江戸に出て、なぜ『川辰屋』に行ったのかはわかりませんが、常吉は稲造にその件を話した。稲造はその話が半信半疑だったので、普請奉行の相本伊賀之助に話したのです。相本から十五年前に御金蔵を破られ五千両が盗まれたことを聞いて、『川辰屋』は常吉の話がほんとうだとわかったのでしょう」

「それに間違いないようだ」

錦吾も厳しい顔で頷く。

「明日、常吉を問いつめてみます」

長兵衛は核心に迫っている手応えを感じていた。

翌朝、小梅村を出立した。梅が芽吹いている。梅の花が咲き誇るまでには『幡随院』に帰りたいと思いながら、佐賀町を通り、永代橋を渡って木挽町にやってきた。

紀伊国橋の袂で、勝五郎が待っていた。

「親分」

長兵衛は手拭いで頬被りをしている。

「弥八は？」

「常吉が出てくるのを見張っています」

少し先に、『川辰屋』が見える。弥八が堀端の柳の陰にいるのがわかった。

「常吉が出てきたらあっしが偶然を装って近づきます。采女《うねめ》ヶ原《はら》の馬場まで連れていきます」

「よし」

そのとき、弥八がこっちに向かって手を上げた。

「出てくるようです」

勝五郎が身構えた。

やがて、常吉が仲間といっしょに出てきた。

「じゃあ、近づきます」

勝五郎は常吉たちの正面に向かって歩き出した。長兵衛は川に向い、様子を窺う。

「常吉じゃねえか」

勝五郎が声をかける。

「誰でえ」

常吉が立ち止まって、大儀そうな声できいた。

「忘れたのか。『幡随院』の勝五郎だ。ちょうどいいところに出くわした。急にいなくなったから心配していたんだ。何があったか話を聞かせてくれねえか」

他の者に顔を向け、

「俺は常吉といっしょだったんだ。すぐ終わる、先に行っていてくれ」

勝五郎は強引に言う。

男たちは歩き出し、長兵衛の後ろを通って紀伊国橋を渡っていった。

常吉は勝五郎について采女ヶ原のほうに向かった。長兵衛はあとをついていく。弥八が横に並んだ。

やがて、采女ヶ原に着いた。馬場の周囲には芝居小屋や茶屋が出来ている。人気《ひとけ》のないところに、勝五郎は常吉を連れていく。

途中、常吉が立ち止まった。不審を感じたのか、逃げようとした。勝五郎が常吉の腕を摑んだ。その手を振りきって、常吉は走りだそうとした。

その前に、長兵衛と弥八が立ちふさがった。

常吉は立ち止まり、

「なんだ、てめえたちは？」

「『幡随院』の弥八だ。もう忘れたのか」

弥八が前に出た。常吉は一歩下がった。

長兵衛も常吉に近寄った。

「誰でえ」

常吉は不安そうにきく。

「俺だ。長兵衛だ」

長兵衛は頬被りを取った。

「あっ」

常吉は短く叫んだ。

「おめえにききたいことがある。これから花川戸まで来てもらおうか」

「冗談じゃねえ。俺は忙しいんだ」

「常吉。黙って出ていったが、おめえはまだ『幡随院』の人足なんだぜ」

「『幡随院』はやめたんだ」

「そんな話、聞いてないぜ」

「俺は……」

「今は『川辰屋』にいるそうだが、そんなやり方をしていいと思っているのか」

長兵衛は強い口調から穏やかに、

「こっちのきくことに正直に答えてくれたら見逃してやる。答えないなら、ひとまず『幡随院』に来てもらう」

「………」

常吉は顔を青ざめさせた。

「おめえはどこの出だ？　上州ではないことはわかっている」

「小田原だ」

「嘘つくんじゃねえ。いいか、今度嘘をついたら『幡随院』に連れていく。いいな」

長兵衛は改めてきく。

「どこの出だ？」

「……………」

「言えないのか。わかった。駕籠を見つけてきてくれ。常吉を花川戸まで……」

「言う。宇都宮だ」

「いい加減なことを」

「嘘じゃねえ。ほんとうだ」

「では、そこで久助と八十吉に会ったのか」

「……………」

常吉は目を剝いた。

「そうなんだな。言うんだ」

長兵衛は鋭く迫る。

「おめえは久助か八十吉に、江戸花川戸の『小金屋』の庭の古井戸に金が埋まっている。それを掘り起こしてくれと頼まれたんではないか」

「……………」

「仕方ない。これでは暇がかかる。駕籠を呼んできてくれ」

「へい」

弥八が行きかけたとき、

「待ってくれ。言う」

常吉は肩を落とした。

「八十吉さんから聞いたんだ。花川戸の『幡随院』の庭に五千両が埋まっていると」

「『小金屋』ではなく『幡随院』と言ったのか」

「そうだ。一度、ひとりで江戸に行ったら『小金屋』がなくなって『幡随院』になっていたと言っていた」

「ひとりで？　久助はどうしたんだ？」

「中風《ちゆうぶう》で寝たきりだ」

「なに、中風？」

「十五年前、宇都宮に住み着いてしばらくして、久助さんは中風に罹《かか》ったそうだ。八十吉さんは錠前屋をはじめて、久助さんの面倒を見ていた。宇都宮に来て一年ぐらいして八十吉さんだけ江戸に戻った。でも、火事で『小金屋』も消え、仲間もいなくなったということを話してました」

「おめえはふたりとどういう関係なんだ？」

「八十吉さんの錠前屋に奉公していたんです。錠前の名人の腕を学ぼうとして」

「盗みに役立たせようと思ったわけではないんだな」

「違う」

常吉は向きになって言う。

「まあいい。それで、おめえはどうして『川辰屋』に行ったんだ?」

「五千両の件を持ち出すには商売敵のほうがいいと思ったんだ。そのほうが分け前もたくさんもらえると思って」

「『幡随院』の庭に忍び込んだ賊は誰だ?」

「『川辰屋』にいる男だ」

「そうか。よく話してくれた。今の話を同心にもしてくれ」

「えっ」

常吉は不服そうな顔をした。

「どうした?」

「正直に話したじゃないですか」

「これからどうするつもりなんだ?」

「どうするって?『川辰屋』に戻る」

「よせ。『川辰屋』の主人は直に捕まる」

「えっ」

「川辰屋稲造が何をしているか知っているか。おめえの話を普請奉行にして、ふたりで大儲けしようと企んだんだ。だが、それもおしまいだ」

「…………」

「それから五千両は確かにあったぜ。その五千両はどこから盗んだのかきいたか」

「いえ、あるところからとだけ」

「そうか。その金はいずれ返却する。わかったか、もう『川辰屋』の目論見《もくろみ》は失敗したんだ。『川辰屋』に戻ったらおめえもその目論見に加担したことになる。それでも構わないなら帰れ」

「…………」

「よく、考えるんだ。行こう」

弥八と勝五郎に声をかけ、長兵衛は常吉の前から離れた。

歩きはじめたとき、

「親分さん」

と、背中で声がし、長兵衛は立ち止まった。

「『川辰屋』には戻りません」

常吉は覚悟した顔つきで言った。

四

弥八と勝五郎に常吉を『幡随院』に連れていくように頼み、長兵衛は小梅村の隠居宅に戻った。

「古沢さま、常吉がすべて話してくれました」

差し向かいになって、長兵衛は口を開いた。

「そうか」

錦吾は安堵したような顔をした。

「十五年前、江戸を離れた久助と八十吉は宇都宮に行ったそうです。ところが、しばらくして久助は病に罹ったそうです。中風で、今は起き上がれないそうです。ところが、八十吉は久助の面倒を見てきたということです」

「病気の久助の面倒を十五年近くも見てきたというのか」

錦吾は驚いたように目を見開いた。

「八十吉は錠前屋をやって久助の薬代を払っていたのでしょう」

「信じられん。そんな病人など見捨てて、自分ひとりでいい思いをしようとするものかと思っていたが」

「八十吉は一度、江戸に戻ったようです。ところが『小金屋』はなくなっていて、鉄二の行方もわからない。それで宇都宮に戻ったそうです」

「そのとき、按配《あんばい》よく金を掘り起こすことが出来たら、八十吉はどうしたろうか。それでも、宇都宮に戻ったろうな」

　錦吾は目を細め、

「そんな男が岡っ引きを殺したとは思えぬ。手にかけたのは久助かも知れぬな」

「そうかもしれません。常吉は八十吉の錠前屋に奉公していたそうです。で、最近になって隠してある金のことを口にしたということです」

「久助も八十吉もせっかく苦労して御金蔵から五千両を盗んだのに、一銭も使うことはなかったのか」

　錦吾は半ば同情するように言ったが、すぐ厳しい顔になって、

「その五千両に目が眩《くら》んだのが、普請奉行の相本伊賀之助か」

と、吐き捨てた。

「八十吉から話を聞いた常吉は江戸に出て『川辰屋』に話を持ち込んだのです。そして、川辰屋稲造が相本伊賀之助に話した。十五年前の五千両と聞いて、相本伊賀之助は御金蔵が破られたという噂を思い出し、その話を信じたのでしょう」

「そんなに五千両が欲しかったのか」

「もともと、今度の修繕で両者は不正を企んでいたのです。そこに、五千両の話が出たので、狙いをそっちに向けたのでしょう」

おそらく、相本伊賀之助は長兵衛を亡き者にすることを考えたのに違いない。それで、小普請支配を通じ、多々良平造がお役に就く条件に、長兵衛の腕を試させた。斃すのは難しいという報告を受けて、相本伊賀之助は長兵衛を罠にかけることにしたのではないか。

「古沢さま。おかげで真相に近づくことが出来ました。ありがとうございました」

「いや。十五年前のもやもやが解消出来た。礼を言うのはわしのほうだ」

錦吾は頭を下げた。

「お世話になりました。引き上げます」

長兵衛は自分の着物に着替え、長脇差を持って古沢錦吾の家をあとにした。

長兵衛は大川沿いの道を深川に向かった。夕陽が横顔に当たっている。

回向院前から竪川に出て、一ノ橋を渡る。御船蔵の脇を通り、小名木川、仙台堀を越えて佐賀町に着いた。

口入れ屋『初音屋』の土間に乗り込む。

番頭らしい男が出てきた。

「『幡随院』の……」

　番頭は呆気《あっけ》にとられたような顔をした。

「俺が町方に追われていると思っていたようだな」

「いえ、そうでは……」

「今太郎に会いたい」

「旦那はお出かけでして」

　番頭は目を伏せて言う。

「どこへだ？」

「お得意先でして」

「すまねえが、ほんとうにいないか探させてもらうぜ」

　長兵衛は勝手に座敷に上がろうとした。

「待ってください。いくら『幡随院』の親分さんだろうが、そんな勝手な真似をされては困ります」

「なら、正直に言うのだ」

　肩の盛り上がった男が長兵衛に近づいてきた。

「やめてもらいましょう」

「どけ」

「どかねえ。そっちこそ引き上げねえと、『幡随院』の親分だろうが容赦しませんぜ」

そう言うや、いきなり男が太い腕を胸倉に伸ばしてきた。長兵衛はやや体をのけ反らして回り込みながら相手の手首を摑むと、その腕をねじり上げた。

「痛《いて》え」

男が叫んだ。

まわりにいた男たちがいっせいに長兵衛を囲んだ。

「騒ぐんじゃねえ」

長兵衛が一喝すると、男たちは動きを止めた。

「長兵衛」

奥の長暖簾をかきわけて、三十半ばで厳めしい顔の今太郎が現われた。

「やっぱり、いたな」

長兵衛が目をやると、番頭は口元を歪めた。

「こっちに来い」

今太郎は言い、さっさと暖簾に向かった。

腰から長脇差を抜き、長兵衛は座敷に上がって今太郎のあとを追った。

客間で向かい合うなり、今太郎が、

「長兵衛、おめえは奉行所の捕り方に……」

と言いかけたのを、長兵衛が相手の言葉を制して言う。

「まだ、事態が変わったのを知らないようだな」

「なに？」

「もはや、普請奉行と『川辰屋』の悪事は露顕しているんだ」

「何をほざく」

「『川辰屋』に寄宿していた常吉がすべてを白状した。いずれ、川辰屋稲造はお縄になるだろう」

「………」

今太郎は何か言いかけたが、言葉にならなかった。

「古井戸に隠されていた五千両は掘り出して、俺のところの土蔵に入れてある」

「長兵衛、何を言っているんだ？」

今太郎が眉根を寄せた。

「とぼけてもだめだ。普請奉行と『川辰屋』の目論見は大きく外れたんだ。『川辰屋』からどんなおいしい餌を与えられたか知らねえが、それもうおしまいだ」

「五千両ってどういうことだ？」

今太郎は真顔になっている。

「五千両の件、ほんとうに知らないのか」

「知らねえ」

今太郎がとぼけているようには見えなかった。

「じゃあ、どんな狙いで、あんな偽の誓文を俺のところに持ってきたんだ?」

「………」

「あの誓文は俺をはめるために用意されたものだ。それを俺に届ける役目をして、どんな儲けがあったのだ」

長兵衛は今太郎に迫るように、

「いいか、よく聞け。十五年前に、『小金屋』の庭の古井戸に五千両を隠した男がいたんだ」

長兵衛はその経緯を話し、

「だから、普請奉行と『川辰屋』は俺を罠にはめ、『幡随院』を乗っ取り、その上で五千両を掘り返そうと企んだのだ。『初音屋』さん、おまえさんはそれに手を貸したんだ」

「そんな話は聞いてない」

今太郎はうろたえたように、

「入札から『幡随院』を締め出すために長兵衛に罠をかけるという話だった。普請は『川辰屋』さんが請け負い、俺のほうにも仕事をまわすという約束だったんだ」

「そうか。だが、もう『川辰屋』と普請奉行はおしまいだ。このままなら、『初音屋』さんも一味と見なされ、たいへんなことになりますぜ」

「冗談じゃない。俺はただ、『川辰屋』に言われたとおりに動いただけだ」

「あの誓文は誰から預かったんですかえ」

「『川辰屋』だ。これを深川の政が手文庫から盗んだことにしろと……。ちくしょう。俺には肝心なことは話さず……」

「やはり、そうだったか」

長兵衛は微かに笑みを浮かべ、

「『初音屋』さん。今のこと、同心の河下さまがききにくる前に、自分から正直に言いに行ったほうがいくらかでも怪我《けが》の程度は軽くすみますぜ」

「わかった。そうする」

今太郎はあわてて言った。

『初音屋』を出た長兵衛は永代橋を渡り、木挽町に向かった。すっかり辺りは暗くなっていた。

『川辰屋』の土間に入り、番頭に稲造の取り次ぎを頼んだ。

「夕方に、お出かけになってまだ戻ってきません」

番頭は心配そうに言った。

「嘘ではないだろうな」

「嘘ではありません」

「どこに行ったのだ？」

「相本さまからのお呼びだしで」

「普請奉行から？」

「はい。夕方に使いが来て、すぐ出かけていきました」

「屋敷か、それとも料理屋か」

「お屋敷だと思います」

すでに企みが失敗したことを、普請奉行も『川辰屋』も察しているだろう。今後のことを話し合うのであろう。

「また明日にでも出直す」

長兵衛は『川辰屋』を出た。


それから一刻（二時間）近く経って、長兵衛は花川戸の『幡随院』に帰ってきた。すでに周辺には町方のものはいなかった。

長兵衛は潜り戸を叩いた。すぐに戸が内側から開いた。

「親分」

弥八が立っていた。

「おまえさん、お帰り」

　お蝶が笑みを浮かべていた。

「町方は引き上げたようだな」

「へえ、やはり、常吉の白状がききました。河下さまがそれで上役に訴えてくださったようです」

「そうか」

「ともかく、お上がりなさいな」

　お蝶が言う。

　長兵衛は居間に入った。

　ふたりきりになると、長兵衛はお蝶の肩を抱いて引き寄せた。

「心配かけてすまなかった」

　と、詫《わ》びた。

「おまえさんのことだもの。心配なんかしちゃいませんよ」

　お蝶は強気に返し、長兵衛の顔を見つめた。さすが、男勝りの女房だと思ったとき、切れ長の目に微かに光るものが見えた。

「どうした？」

　長兵衛はお蝶の涙に気づいた。

いきなり、お蝶が長兵衛の胸にしがみついてきた。

「よかった。無事で」

「うむ」

長兵衛はお蝶の肩にまわした手に力を込めた。お蝶も強くしがみついてくる。たとえ数日であっても、離ればなれになったのは初めてのことだ。長兵衛も珍しく感情が激してきたときに、襖の外で緊張したような声がした。

「若旦那、河下さまからのお使いです」

吉五郎の声だ。

長兵衛はお蝶と離れた。

「ちょっと行ってくる」

長兵衛が襖を開けると、吉五郎が立っていた。

「若旦那、『川辰屋』が死んだそうです」

「なに、『川辰屋』が……」

長兵衛は土間に行った。

奉行所の小者らしい男が立っていた。

「河下さまからの言づけです。先ほど五つ（午後八時）ごろに、筋違橋《すじかい》の近くで『川辰屋』の斬殺死体が発見されたそうです」

「『川辰屋』が殺された？」

「はい。駕籠かきの話ではいきなり黒い布で面体を隠した侍が現われたそうです。辻強盗だと思ったそうです」

「辻強盗だと。違う、辻強盗なんかではないっ」

長兵衛は思わず叫んだ。

小者が引き上げたあとで、長兵衛は拳をぐっと握りしめ、

「相本伊賀之助が『川辰屋』の口を塞いだのだ」

と、吐き捨てた。


翌朝、長兵衛は筋違橋の近くにいた。朝早くから、岡っ引きらが現場を調べている。

河下又十郎の姿があったので、長兵衛は近づいていった。

「河下さま」

「長兵衛か」

又十郎が振り返った。

「まさか、『川辰屋』が殺されるとは……」

「神田明神境内の『はしもと』の帰りだ」

「普請奉行と会っていたんですね」

「いや、女将の話だとしばらくひとりで誰かを待っていたらしい。それから、駕籠を呼んで引き上げていったそうだ。ただ、駕籠かきには小川町に向かうように言っている」

「小川町？　相本伊賀之助の屋敷ですね」

「そうだ」

「『はしもと』で待っていたけどなかなか来ないので、屋敷に向かったということでしょうか」

「うむ。昨夜、遅い刻限だったが、相本伊賀之助の屋敷に赴いた。家来を通しての返答だが、『川辰屋』と約束はしていないということだった」

「信じられません。昨夜、『川辰屋』の番頭は普請奉行に呼ばれたと言っていました」

「『川辰屋』が番頭に嘘の説明をしたのだろうということだ」

「つまり、普請奉行が『川辰屋』を殺したという証はないということですね」

「そうだ」

又十郎は無念そうに言う。

「御徒目付どのの調べはどうなのですか」

「普請奉行は五千両のことなど知らないと答えているそうだ。すべて、『川辰屋』の責任にして自分は疑いから逃れようとしているのかもしれないが、証はない」

憤然として、長兵衛は花川戸に帰ってきた。

「若旦那。先日の普請奉行の家来が」

吉五郎が近づいてきて小声で伝えた。上がり框から立ち上がった若い武士がいた。

長兵衛は近づいていく。

「長兵衛どの。殿がぜひお話があり、屋敷までお出でいただきたいとのことでございます。いかがでありましょうか」

「わかりました。お伺いいたします」

「では、今日の夕七つ（午後四時）にお屋敷にお出でください」

「もし」

長兵衛は呼び止めた。

若い武士が振り返った。

「何か」

「失礼でございますが、あなたさまのお名前をもう一度おききしてよろしいでしょうか」

「私は横江作之進です。では、あとで」

若い武士はさっそうと引き上げていった。

「罠かもしれませんぜ」

吉五郎が横江作之進を見送りながら言う。

「行かなきゃならねえ。このままでは、相本伊賀之助は『川辰屋』ひとりを悪者にして逃げ延びてしまう。そんなこと許せねえ」

長兵衛の身の内にはげしい闘志が漲《みなぎ》った。

五

長兵衛は白装束に身を包み、その上に黒い着物を纏《まと》った。お蝶は黙って手伝う。

「心配するな。俺は絶対に帰ってくる」

「はい。ご自分の思うように」

女房に泣いて縋られたら長兵衛の決心も鈍ってしまうかもしれないが、お蝶は毅然としている。

「あとのことを頼んだ」

「はい」

お蝶は長脇差を寄越《よこ》した。

長兵衛はそれを手に居間を出た。

土間に行くと、吉五郎と勝五郎が待っていた。

「あっしと勝五郎がお供させていただきます」

吉五郎は固い意志を見せて言う。

「いいだろう。玄関までだ。中には入れない」

「わかっています」

「よし。ついてこい」

「へい」

万が一のときは亡骸をここまで運んでこなければならない。その役目を吉五郎は負わないだろう。そのときは、吉五郎は屋敷の中に斬り込んでいくはずだ。それは勝五郎も同じだ。ふたりの険しい表情にその覚悟が見えた。

「では、行ってくる」

「おまえさん」

お蝶が長兵衛の肩に切り火を打った。

長兵衛は悠然と土間を出た。

普請奉行相本伊賀之助の屋敷に着き、長屋門を入る。町人の長兵衛は内玄関から上がる。長脇差を吉五郎に預け、その場にふたりを待たせ、長兵衛は迎えに出てきた横江作之進に従い、奥の部屋に入った。

「こちらでお待ちください」

横江作之進が去って、すぐに女中が茶菓をもってきた。

会釈をして女中が去ったあと、静かな時間が流れた。窓のない部屋で、外の様子はわからない。もう陽は落ちたろうと思っていると、襖が開いた。横江作之進だ。

「殿はまだお戻りになりません。もうしばらくお待ちください」

そう言い、横江作之進は下がった。

焦《じ》らすつもりか。ふと、隣の部屋の襖越しにひとの気配がした。数人いる。いつでも襲いかかれる態勢を整えているようだ。

さらに四半刻（三十分）待たされて、ようやく相本伊賀之助が横江作之進とともに入ってきた。

床の間を背に、伊賀之助が腰を下ろす。その横に少し離れて作之進が座った。

「長兵衛、待たせた」

刃のように細く鋭い目で、伊賀之助は長兵衛を睨み据える。長兵衛はその視線を跳ね返すように見返した。

「ご家来衆の支度が整いませんでしたか」

長兵衛はきいた。

「家来の支度？」

「隣の部屋で殺気だっている方たちですよ」

「…………」

伊賀之助は何も答えず口元を歪めただけだった。

「昨夜、川辰屋稲造が何者かに殺されました。お心当たりはございませんか」

長兵衛は伊賀之助から作之進に目をやった。作之進は微かにうろたえた。

「『川辰屋』は辻強盗に遭ったのだろう。そんなことで命を落とすとは罰が当たったのだ」

「罰？」

「わしを騙し、そなたを罪に陥れようとしたことだ。勝手にわしの誓文を偽造しおって」

伊賀之助は吐き捨てた。

「あの誓文は偽装したものでしょう。しかし、筆遣いや文字はお奉行のそれと十分に似せてあり、ただ花押と署名が本物と違っただけだそうですね。あれだけ巧妙なものが『川辰屋』に出来ましょうか」

長兵衛は強いて穏やかに続ける。

「どなたかが手を貸したとしか思えませんが」

「『川辰屋』はわしとその他の文のやりとりをしていた。それで文字を真似たのだ」

「お奉行は『川辰屋』から五千両の話をお聞きになりましたね」

「知らぬ」

「妙ですね。『川辰屋』はその話をお奉行にしたはず」

「そのほうの思い込みだ」

「五千両の件はまったく知らないと？」

「何のことだ。すべて『川辰屋』がわしを利用して勝手にやったこと。おぬしを罠にはめたのも『川辰屋』ひとりの仕業だ」

「なるほど、やはり、罪を『川辰屋』になすりつけるおつもりですね。そのために『川辰屋』を殺した」

「無礼もの」

「小普請支配を通じ、小普請組の侍にあっしの腕を試させたのもお奉行ではありませんか。あっしを斃すことが難しいと察し、もうひとつ用意してあった、あっしを罠にかけるという企みを進めることにしたのです」

「長兵衛。おぬしの戯言《ざれごと》に付き合っている暇はない」

「戯言ではありません」

「では、証があると言うのか」

「証は、隣の方々です」

長兵衛はいきなり立ち上がると敷居際に駆け寄り、思い切り襖を開けた。そこに袴《はかま》の股立をとり、たすき掛けの侍が三人待機していた。

三人は唖然としている。

長兵衛は元の場所に戻り、

「あっしを斃そうとしていること自体が、その証じゃありませんかえ」

と、言い切った。

「そんなものが証になるか」

「『川辰屋』は御金蔵から五千両が盗まれたことは知らなかったのです。いえ、そのことを知っているのは老中をはじめごく一部の方々であり、あとは天守番やお庭番でしょう。城内に噂が流れたとしても、それを確かめるべくもなかったはずです。お奉行はおそらく噂として聞いていたのではありませんか」

「…………」

「『川辰屋』の話を聞いてぴんときたはずです。『幡随院』の庭の古井戸を掘るには、『幡随院』そのものを手に入れなければならない。あっしを斃すことが無理なら、罠にかけて罪人とし『幡随院』を闕所にし、あとで競売で『川辰屋』が手に入れ、ゆっくり五千両を掘り起こそうとした。その罠の仕掛けの眼目は誓文ですよ。いかにも本物らしく思わせ、実物と違う箇所を加える」

長兵衛はぐっと身を乗り出し、

「こういったことを『川辰屋』がひとりでやるのは無理です」

「長兵衛。わしには何のことかさっぱりわからん」

「あっしを神田明神境内の『はしもと』に呼び出し、不正を持ち掛けたのもはじめから計算してのこと。あの場にわざと御徒目付の密偵が来るようにしたのも計画のうちでしょう。あのとき、別間に勘定組頭どのが来ていたそうですが、それも不正を疑わせ、あっしが訴えるように持っていくためのもの」

長兵衛は息継ぎをし、

「お奉行、武士らしく、何もかも白状なさったらいかがですか」

と、迫った。

「長兵衛。おぬしの期待に応えられぬ。わしは何も知らないのだ。おぬしはここで死ぬ運命だ。おぬしさえいなければ、わしは無傷だ」

伊賀之助は立ち上がった。

作之進も立ち上がって刀を抜いた。

「やはり、おぬしが『川辰屋』を殺したのだな。その刀の刃に血糊《ちのり》が残っている」

長兵衛ははったりを嚙《か》ませた。

「おぬしの血もこの刃に残そう」

作之進は迫った。隣の部屋の三人も刀を抜いて迫った。

長兵衛は両手を袂から懐に入れ、そこからいっきに両手を出して着物を肩から脱いだ。白装束が現われた。

「長兵衛、いい覚悟だ。やれ」

伊賀之助が叫ぶ。

と、同時に作之進が斬り込んできた。長兵衛は横に飛んで刀を逃れ、素早く三人の侍のひとりに突進した。

不意を衝《つ》かれ、あわてた侍の胸元に飛び込んで足払いをする。侍は背中から落ちた。長兵衛は刀を奪った。

作之進が再び斬り込んできた。長兵衛はその刀を弾く。なおも作之進は斬りつけてきた。長兵衛は相手の刀を鎬《しのぎ》で受け止めた。

「屋内では、刀を大きく振りかざせまい」

長兵衛は相手の刀を押し返しながら、

「おぬしの汚れきった刀で俺は斬れぬ」

「おのれ」

相手は渾身の力で押し返してきた。その瞬間、長兵衛は回り込みながら力を抜いた。作之進は弾みで前につんのめった。長兵衛は峰打ちで肩を叩いた。

作之進は呻いて片膝をついた。他のふたりは刀を構えているが、かかってこない。

「長兵衛、わしが相手だ」

伊賀之助が長槍《ながやり》を持ってきた。

長兵衛は刀を正眼に構える。伊賀之助は槍を頭上で振り回してから足を前後にし、柄の中程を持ち、槍頭を長兵衛の目に向けた。

「お奉行。ここまでして何を守ろうとしているのですか」

「黙れ」

「あっしが勝ったら後世に恥辱を残すことになります。仮に、お奉行が勝ったとしても何も得られませんよ」

伊賀之助はひょいと槍を突き出した。

「座敷の中では槍を振り回すことは出来ません。今みたいに突くだけです。お奉行。もう観念することです」

「おぬしさえいなくなれば……」

「もし、あっしが殺されたら、江戸中の口入れ屋に触れをまわし、相本さまに人足を貸し出さないようにすることになりましょう」

「なに」

「人足がいなければ普請は出来ません。お奉行はその責任をとって失脚するだけ」

「……」

伊賀之助の構える槍頭が下がった。

廊下が騒がしくなり、いくつもの足音が聞こえ、いきなり襖が開いた。

「若旦那」

吉五郎だった。

「もう終わった」

長兵衛は言う。

伊賀之助は槍を落としてその場にくずおれた。

「横江どの。潔く罪を認め、償って、出直すことです。決して、軽はずみなことはしないように。お奉行にも目を光らせて」

決して腹を切るような真似はしないようにと釘《くぎ》を刺し、長兵衛は部屋を出た。

半月後、事件の解決を知らせに、河下又十郎が『幡随院』にやってきた。土蔵に保管されていた五千両はすでに江戸城の御金蔵に返されている。

客間で、長兵衛は又十郎と差し向かいになった。

「まず、『川辰屋』はどうなりましょう」

長兵衛はきいた。

「おぬしが願うように、倅はまだ若いが、その後見に稲造の兄貴を据えて『川辰屋』を存続させることになった」

「そうですか。それはよかった」

『川辰屋』が潰れたら、奉公人などたくさんのひとたちが路頭に迷うことになる。

「奉行所としては、『川辰屋』を潰し、人足は『幡随院』に移すことを考えていたが、おぬしが異を唱えた。せっかくのうまい話を断るなんて」

又十郎は首を横に振った。

「他人の失敗で、自分がよくなっても仕方ありません。せっかくの『川辰屋』です。息子が継いで守っていくことが一番です」

「おぬしの願いは『初音屋』に対しても生かされた。三十日間の戸締《とじめ》だ。つまり、三十日間、商売の停止だ」

「常吉は？」

「おとがめなしでお解き放ちになる」

「宇都宮のほうはどうなりましょうか」

「いろいろ意見が出ているようだ。なにしろ、岡っ引きが殺されているからな。近々、同心を宇都宮に派遣するが、十五年前のことで証もなく、裁くことは無理だろう。事情を聞くだけで終わるようだ」

十五年の歳月は長い。今さら十五年前のことを裁いても意味がない。長兵衛がそう思ったのは金次郎のことを考えてのことだ。

十五年前、金次郎は鉄二を殺して失踪した。そして、銀蔵と名を変えて、お豊と暮らしている。

今さら金次郎を裁く意味はない。ただ、殺された鉄二の骨を寺に納め、金次郎夫婦が供養を尽くすように勧めるつもりだ。

長兵衛には、まだ確かめたいことがあった。

「相本伊賀之助さまは？」

「普請奉行職を解かれ、小普請入りをしたそうだ。閑職だ。もう権力を握ることはないだろう。今度の件の裁定が全般的に大甘な感じになったのも、十五年前のことに起因しているからだろう」

「そうですか。では、横江作之進がもっとも重い罪になりますね。ひとを殺していますからね」

「うむ。遠島になろうが、永久ではない。もちろん、恩赦があれば江戸に戻れる。やはり、これも大甘な裁定か」

「でも、横江作之進は殿の命令でやったことですからね」

「うむ、難しいところだ」

又十郎は言ってから、

「それにしても、今回はたいへんだったな」

と、いたわるように言った。

「河下さまがあっしを信じてくださったので助かりました」

「じつはわしもおぬしをそのかしたんだ。その負い目もあった。では、これで」

又十郎は苦笑して立ち上がる。

長兵衛もいっしょに部屋を出る。

「それにしても長兵衛は良い子分を持ったもんだ。うらやましい」

「おそれいります」

長兵衛は戸口まで又十郎を見送った。

居間に戻ると、お蝶が、

「そろそろ行きましょう」

「よし」

これから神谷町の銀蔵こと金次郎のところに行き、事件の解決を伝え、それから源三のところにまわるつもりだった。

長兵衛はお蝶といっしょに出かけることが楽しかった。幸せをかみしめながら、吉五郎たちに見送られて『幡随院』の店を出立した。

解説

小梛治宣

本書は、口入れ屋『幡随院』の九代目長兵衛を主人公とするシリーズの二冊目にあたる。初代は、旗本奴《はたもとやっこ》水野十郎左衛門と敵対し命を落とした町奴の幡随院長兵衛である。八代目の父親から跡目を継いで一年、二十六歳となった。

ようやく九代目としての風格が備わってきたところで、河竹黙阿弥《かわたけもくあみ》作の歌舞伎「極《きわめ》付《つき》幡随長兵衛」に登場する初代を彷彿《ほうふつ》させるような男ぶりになってきていた。今回、その長兵衛が係《かか》わることになる事件は、長兵衛自らの足元で起きたある出来事から幕を開けることになる。

ある出来事とは、怪しい人物が夜半、口入れ屋『幡随院』の床下に潜り込んでいたというものだ。逃げ足が速くて、取り逃がしたが、これで二度目だという。床下に潜っていた目的は何か？　これが判然としない。二度も侵入するからには、少なくとも身内に手引きした者がいるはずなのだ。

折も折、大雨の被害を受けた江戸城と河岸の大規模な普請の入札が間近に迫っていた。

『幡随院』も入札に参加するつもりだが、どうもこの件では、同業の『川辰屋』が普請奉行にかなり食い込んでいるらしく、「入札」は形の上だけのものになる可能性が高い。つまり、『川辰屋』が請け負うことは半ば決定していると言ってもいい。

とはいえ、『川辰屋』は自分のところの人足だけでは足りないので、他の同業者からも人足を回してもらわねばならない。そこで、同業者のほとんどは、「入札」に加わらず、『川辰屋』から仕事を回してもらうことを望んでいる。

だが長いものに巻かれることを善《よ》しとしない長兵衛は、あくまでも入札に加わるつもりでいた。とすると、『川辰屋』が『幡随院』の人足の数を探りに来たのか？　ほぼ『川辰屋』に決まっているのに、そんなことをするのも妙だ。そうだとすると、やはり賊の狙いが読めない。

そんな中、シリーズ一巻目で読者にはお馴染《なじ》みになっている、南町奉行所の定町廻《じようまちまわ》り同心河下又十郎が長兵衛のもとを訪ねてきた。昨年九月の大雨で崩れた日本堤の土砂の中から、殺害された形跡のある白骨死体が発見された。その死体の身元がどうやら十五年前の大火のあとで行方不明になった『小金屋』の主人金次郎ではないかというのだ。

この『小金屋』は、『幡随院』とは地続きだったため、先代、つまり長兵衛の父が火事のあとその土地を手に入れ、『幡随院』の母屋を建て直したというわけである。隣同士だったので、先代と金次郎とは交流があったはずだが、河下によると先代はまったく覚えていないという。まだ耄碌《もうろく》する歳《とし》でもないので、何か裏があるのかもしれない。

そう思った長兵衛は、先代を訪ねて直接訊《き》いてみたのだが、金次郎については詳しいことを話そうとしない。知っていることがあっても、話せない事情が何かあるのか……。『小金屋』の金次郎の死体が発見されたのとほぼ同じころに、『幡随院』に不審者が侵入している——これは、単なる偶然か、それともこの二つは関連しているのであろうか。不審者が潜んでいたのは、かつて『小金屋』の敷地だったところだ。とすればこの二つの出来事には因果関係があるに違いない——と長兵衛は考えていたが、ではいったい金次郎はなぜ殺害されたのか。これが謎であった。

ところで、本シリーズには長兵衛をがっちりと支えるサブキャラクターが何人か登場する。先代の時から『幡随院』を切り盛りしてきた番頭の吉五郎、元武士で腕も立つ。つい、長兵衛のことを「若旦那」と呼んでしまい、長兵衛の女房お蝶にたしなめられたりもする。素早い行動で相手の動きを探るのは、軽業師あがりの盗っ人だったが、長兵衛に拾われた二十六歳の弥八。そして、上州大前田村出身の栄五郎。博徒の倅《せがれ》だが、喧《けん》嘩《か》出入りで同じ博徒を殺して逃亡中の身だ。本名を隠して勝五郎と名のっている。大前田栄五郎（英五郎）は、実在した人物だが、そうしたキャラクターを加えることで、シリーズそのものに厚みが出てきている。読者としては、勝五郎の今後が気にかかったりもするはずで、彼はシリーズのキイパーソンとも言えそうだ。

そして、忘れてはならないのが、紅一点、長兵衛の女房お蝶だ。先代が一方的に見つけてきた歳上女房に、初めのうちはちょっと抵抗する気持ちもあった長兵衛だが、今では『幡随院』一家に欠かすことのできない恋女房となっている。お蝶が隣近所から集めてくる情報とアドバイスは、長兵衛に状況判断を誤らせない重要な指針ともなっているのだ。本作には実家が大身の旗本で、長兵衛のファンだという三十歳前の奥方が登場する場面があるが、亭主（殿様）の行動を何もかもお見通しというあたりはお蝶に相通ずるものがある。このシーンは妙に私の印象に残ったところでもある。

こうした、長兵衛を補佐するサブキャラクターたちの生きの良さが、長兵衛の存在をさらに輝かせることにもなる。

そうこうする内に、長兵衛が襲撃される。命じたのは、いったい誰なのか。このことは、金次郎の死が明らかになったことと関係しているのか？　謎を解く手掛りは、先代が握っているようなのだ。先代がようやく口を開いて明かしたのは、金次郎の女房だったお豊の行方だった。今では、銀蔵という男と暮らしているということだ。そこを訪ねた長兵衛は、十五年前に起った、予想を完全に裏切るような事実を知らされることになる。

お豊の弟、鉄二が仲間二人と十五年前にやったこと――そこには犯罪の臭いがする――が、今起きている一連の出来事の起点になっているのではないか。では、彼ら三人はどんな悪事を働いたのか……。

その一方、『川辰屋』と普請奉行との癒着を裏付ける証《あかし》となる書付けを、同業の『初音屋』が長兵衛のもとにもってきた。長兵衛は、この書付けを証拠に、同心の河下の手を借りて不正の追及に乗り出したのだが、逆にそれは長兵衛を窮地に追い込むことになってしまう。きわめて巧妙に仕組まれた罠《わな》が張り巡らされていたのだ。この罠は、長兵衛を普請から排除することが狙いのように見えたが、真の目的は別のところにあった。しかも、十五年前の出来事と係わっていたのである。

外連味《けれんみ》のない筆づかいでありながらも、一筋縄ではいかないストーリー展開は、小杉健治なればこその世界だ。何本かの絡み合ったように思えた糸が解《ほぐ》れた時、長兵衛が見せてくれる覚悟ある行動が、実に爽快なのである。長兵衛が、先に紹介した『幡随院』一家の面々が支え甲斐《がい》のある業界のリーダーへと成長を遂げていく姿を追っていくのも、本シリーズの読者にとっては愉《たの》しみの一つとなっていくはずである。

ところで、本作には陰謀の裏側に旗本の存在が見え隠れしている。そこで多少の解説を加えておきたい。旗本の中には何の役職にも就いていない無役が実に多かった。その中でも三千石以上は「寄合《よりあい》」、三千石以下は「小普請《こぶしん》」に所属することになる。こうした無役の旗本は、役職に就かなくとも禄《ろく》はもらえるし、与えられた屋敷もそのままだが、勤務しない代わりに禄高に応じた上納金を差し出さねばならない。いわば税金を払う義務を負っているようなもので、生活は決して楽ではない。むしろ苦しい。たとえば、行所方が知れなくなった小普請の旗本を捜していたところ芝居小屋の木戸番をしており、用で出頭させようにも大小もなく、着物も着たきりであったとか、あるいは窮乏のあまり吉原に娘を売ったとかいうことが『翁草《おきなぐさ》』という書物には紹介されている。

役職に就けば、それに応じた手当が付く上に、家の名誉にもなるので何とか役に就きたい。とはいえ、役職の席数は決まっているので、一人が抜けたときの競争は、きわめて熾烈《しれつ》だ。そこでものを言うのが賄賂ということになる。役職に就いても、さらに出世するためには上役への賄賂は不可欠だったし、役職に就いた直後は同僚・上役を招いて宴席を開かねばならない。そうした出費は相当なものになる。それを補うために今度は自らも賄賂を求めることになるのだ。本作の背景には、こうした半ば慣習化した賄賂事情も一役買っていそうである。

長兵衛には、長いものには巻かれろ式の馴《な》れ合いは一切通用しない。そうした生き方を貫くことは至難だが、そこを逆手に取って罠に掛けようとする手合いも現われる。そうした中にあって、長兵衛の潔さと清々《すがすが》しさは一層引き立ってくるのである。いかなる結末になったとしても、長兵衛の凜《りん》とした姿勢が変わることはない。本シリーズの読み所は、まさにそこにあると言えよう。次作で、さらに輝きを増した長兵衛に出会うことが、今から楽しみである。

（おなぎ・はるのぶ　日本大学教授／文芸評論家）

本書は、集英社文庫のために書き下ろされた作品です。

本文イラスト　横田美砂緒
本文デザイン　岡　邦彦

集英社文庫

御金蔵破《ごきんぞうやぶ》り　九代目《くだいめ》長兵衛《ちょうべえ》口入稼業《くちいれかぎょう》 二

2020年11月25日　第1刷　　定価はカバーに表示してあります。

著　者　小杉健治《こすぎけんじ》

発行者　徳永　真

発行所　株式会社 集英社
東京都千代田区一ツ橋2-5-10　〒101-8050
電話　【編集部】03-3230-6095
【読者係】03-3230-6080
【販売部】03-3230-6393（書店専用）

印　刷　図書印刷株式会社

製　本　図書印刷株式会社

フォーマットデザイン　アリヤマデザインストア　　マークデザイン　居山浩二

ISBN978-4-08-744184-0 C0193

S